LA PLAZA DEL DIAMANTE

MERCÈ RODOREDA

LA PLAZA
DEL DIAMANTE

Consulte nuestra página web: www.edhasa.com
En ella encontrará el catálogo completo de Edhasa comentado.

Título original: *La plaça del Diamant*

Traducción de Enrique Sordo

Diseño de la colección: Jordi Salvany

Diseño de la cubierta: Edhasa

Primera edición: junio de 2009
Primera reimpresión: abril de 2010

© Institut d'Estudis Catalans, 1986
© de la presente edición: Edhasa, 1981, 2009

Avda. Diagonal, 519-521   Avda. Córdoba 744, 2° piso, unidad 6
08029 Barcelona   C1054AAT Capital Federal, Buenos Aires
Tel. 93 494 97 20   Tel. (11) 43 933 432
España   Argentina
E-mail: info@edhasa.es   E-mail: info@edhasa.com.ar

ISBN: 978-84-350-1841-8

Impreso por Brosmac

Depósito legal: M-12.080-2010

Impreso en España

A J.P.

My dear, these things are life

MEREDITH

1

La Julieta vino expresamente a la pastelería para decirme
que, antes de rifar el ramo, rifarían cafeteras; que ella ya las
había visto: preciosas, blancas, con una naranja pintada, cor-
tada por la mitad, enseñando los gajos. Yo no tenía ganas de
ir a bailar, ni tenía ganas de salir, porque me había pasado el ✓
día despachando dulces, y las puntas de los dedos me dolían
de tanto apretar cordeles dorados y de tanto hacer nudos y
lazadas. Y porque conocía a la Julieta, que no tenía miedo
a trasnochar y que igual le daba dormir que no dormir. Pero
me hizo acompañarla quieras que no, porque yo era así, que
sufría si alguien me pedía algo y tenía que decirle que no.
Iba de blanco de pies a cabeza; el vestido y las enaguas almi-
donadas, los zapatos como un sorbo de leche, las arracadas
de pasta blanca, tres pulseras de aro que hacían juego con
las arracadas y un bolso blanco, que la Julieta me dijo que
era de hule, con el cierre en forma de concha de oro.

Cuando llegamos a la plaza ya tocaban los músicos. El
techo estaba adornado con flores y cadenitas de papel de
todos los colores: una tira de cadenita, una tira de flores.
Había flores con una bombilla dentro y todo el techo pare-

cía un paraguas boca abajo, porque las puntas de las tiras, por los lados, estaban atadas más arriba que en el centro, donde todas se unían. La cinta de goma de las enaguas, que tanto trabajo me había costado pasar con una horquilla que se enganchaba, abrochada con un botoncito y una presilla de hilo, me apretaba. Ya debía de tener una señal roja en la cintura. De vez en cuando respiraba hondo, para ensanchar la cinta, pero en cuanto el aire me salía por la boca la cinta volvía a martirizarme. El entarimado de los músicos estaba rodeado de esparragueras que hacían de barandilla, y las esparragueras estaban adornadas con flores de papel atadas con alambre delgadito. Y los músicos, sudados y en mangas de camisa. Mi madre muerta hacía años y sin poder aconsejarme y mi padre casado con otra. Mi padre casado con otra y yo sin madre, que sólo había vivido para cuidarme. Y mi padre casado y yo jovencita y sola en la plaza del Diamante, esperando a que rifasen cafeteras, y la Julieta gritando para que la voz pasase por encima de la música, ¡no te sientes, que te arrugarás!, y delante de los ojos las bombillas vestidas de flor y las cadenitas pegadas con engrudo y todo el mundo contento, y mientras estaba en Babia una voz que me dice al oído: ¿bailamos?

Casi sin darme cuenta contesté que no sabía y me volví para mirar. Me topé con un rostro que de tan cerca como lo tenía no vi bien cómo era, pero era el rostro de un muchacho. Es igual, me dijo, yo sé mucho y le enseñaré. Pensé en el pobre Pere, que en aquellos momentos estaría encerrado en el sótano del Colón cocinando con delantal blanco, y cometí el disparate de decir:

—¿Y si mi novio se entera?

El muchacho se puso todavía más cerca y dijo riendo, ¿tan jovencita y ya tiene novio? Y cuando se rió los labios se le estiraron y le vi todos los dientes. Tenía unos ojitos de mono y llevaba una camisa blanca con rayitas azules, arremangada sobre los codos y con el botón del cuello desabrochado. Y aquel muchacho de pronto se volvió de espaldas y se puso de puntillas y miró de un lado a otro y se volvió hacia mí y dijo, perdone, y se puso a gritar: ¡Eh!... ¿habéis visto mi americana? ¡Estaba al lado de los músicos! ¡En una silla! ¡Eh!...Y me dijo que se le habían llevado la americana y que volvía enseguida y que si quería hacer el favor de esperarle. Se puso a gritar. ¡Cintet!... ¡Cintet! La Julieta, de color de canario, con bordados verdes, salió de no sé dónde y me dijo: tápame que me tengo que quitar los zapatos... no puedo más... Le dije que no me podía mover porque un joven que buscaba la americana y que estaba empeñado en bailar conmigo me había dicho que le esperase. Y la Julieta me dijo, baila, baila...Y hacía calor. Los chiquillos tiraban cohetes y petardos por las esquinas. En el suelo había pipas de sandía y por los rincones cáscaras de sandía y botellas vacías de cerveza y por las azoteas también encendían cohetes. Y por los balcones. Veía caras relucientes de sudor y muchachos que se pasaban el pañuelo por la cara. Los músicos tocaban, contentos. Todo como en un decorado. Y el pasodoble. Me encontré yendo arriba y abajo y, como si viniese de lejos estando tan cerca, oí la voz de aquel muchacho que me decía, ¿ve usted como sí sabe bailar? Y sentía un olor de sudor fuerte y un olor de agua de colonia evaporada. Y los ojos de mono brillando al ras de los míos y a cada lado de la cara la medallita de la oreja. La cinta de goma clavada en la cintura y mi madre muerta y sin poder aconsejarme, porque le dije a aquel muchacho que mi novio hacía de cocinero en el Colón y se rió y me dijo que le compadecía mucho porque dentro de un año yo sería su señora y su reina. Y que bailaríamos el ramo en la plaza del Diamante.

Mi reina, dijo.

Y dijo que me había dicho que dentro de un año sería su señora y que yo ni le había mirado, y le miré y entonces dijo, no me mire así, porque tendrán que levantarme del suelo y fue cuando le dije que tenía ojos de mono y venga a reír. La cinta en la cintura parecía un cuchillo y los músicos, ¡tararí!, ¡tararí! Y la Julieta no aparecía por ninguna parte. Desaparecida. Y yo sola con aquellos ojos delante, que no me dejaban. Como si todo el mundo se hubiese convertido en aquellos ojos y no hubiese manera de escapar de ellos. Y la noche avanzaba con el carro de las estrellas y la fiesta avanzaba y el ramo y la muchacha del ramo, toda azul, girando y girando... Mi madre en el cementerio de San Gervasio y yo en la plaza del Diamante... ¿Vende cosas dulces? ¿Miel y confitura?... Y los músicos cansados dejaban las cosas dentro de las fundas y las volvían a sacar de dentro de las fundas porque un vecino pagaba un vals para todo el mundo y todos como peonzas. Cuando el vals se acabó la gente empezó a salir. Yo dije que había perdido a la Julieta y el muchacho dijo que él había perdido al Cintet y dijo, cuando estemos solos, y todo el mundo esté metido dentro de sus casas y las calles vacías, usted y yo bailaremos un vals de puntas en la plaza del Diamante... gira que gira, Colometa. Lo miré muy incomodada y le dije que me llamaba

Natalia y cuando le dije que me llamaba Natalia volvió a reírse y dijo que yo sólo podía tener un nombre: Colometa. Entonces fue cuando eché a correr y él corría detrás de mí, no se asuste... ¿no ve que no puede ir sola por las calles, que me la robarían?... y me cogió del brazo y me paró, ¿no ve que me la robarían, Colometa? Y mi madre muerta y yo parada como una tonta y la cinta de goma en la cintura apretando, apretando como si estuviese atada en una ramita de esparraguera con un alambre.

Y eché a correr otra vez. Y él detrás de mí. Las tiendas cerradas con la persiana ondulada delante y los escaparates llenos de cosas quietas, tinteros y secantes y postales y muñecas y tela extendida y cacharros de aluminio y géneros de punto... Y salimos a la calle Mayor, y yo arriba, y él detrás de mí y los dos corriendo, y al cabo del tiempo todavía a veces lo contaba, la Colometa, el día que la conocí en la plaza del Diamante, arrancó a correr y delante mismo de la parada del tranvía, ¡pataplaf!, las enaguas por el suelo.

La presilla de hilo se rompió y allí se quedaron las enaguas. Salté por encima, estuve a punto de enredarme un pie en ellas y venga correr como si me persiguieran todos los demonios del infierno. Llegué a casa y a oscuras me tiré en la cama, en mi cama de soltera, de latón, como si tirase una piedra. Me daba vergüenza. Cuando me cansé de sentir vergüenza, me quité los zapatos de un puntapié y me deshice el pelo. Y Quimet, al cabo del tiempo todavía lo contaba como si fuese una cosa que acabase de pasar, se le rompió la cinta de goma y corría como el viento...

11

Fue muy misterioso. Me había puesto el vestido de color de palo de rosa, un poco demasiado ligero para aquel tiempo, y tenía la piel de gallina cuando esperaba a Quimet en una esquina. Desde detrás de una persiana de librillo, al cabo de un rato de hacer el pasmarote, me pareció que alguien me miraba porque vi cómo los librillos de un lado se movían un poco. Había quedado con Quimet en que nos encontraríamos junto al parque Güell. Salió un niño de un portal, con un revólver en el cinturón y una escopeta apuntada y pasó rozándome la falda y gritando, meeequi... meeequi... Bajaron las maderas de la persiana, la persiana se abrió de par en par, y un joven en pijama me hizo pst... pst... con los labios, y, con un dedo haciendo gancho, me hacía señas de que me acercase. Para estar más segura me puse un dedo en el pecho como señalándome, y, mirándole, dije bajito, ¿yo? Sin oírme me entendió y dijo que sí con la cabeza, que la tenía preciosa, y atravesé la calle y me acerqué a él. Cuando estuve al pie del balcón el joven me dijo, entra, que echaremos una siestecita.

Me puse de mil colores y me di la vuelta enfadada, sobre todo conmigo misma, y con angustia, porque sentía que el joven me miraba la espalda y me atravesaba la ropa y la piel. Me puse de manera que el joven del pijama no me viese, pero temí que, estando así medio escondida, el que no me viese fuese el Quimet. Pensaba en lo que pasaría, porque era la primera vez que teníamos que encontrarnos en un parque. Por la mañana no había dado pie con bola pensando en la tarde porque tenía un desasosiego que no me dejaba vivir. Quimet me había dicho que nos encontraríamos a las tres y media y no llegó hasta las cuatro y media; pero no le dije nada porque pensé que a lo mejor lo había entendido mal y que la que se había equivocado era yo y como él no dijo ni media palabra de excusa... No me atreví a decirle que los pies me dolían de tanto estar parada porque llevaba zapatos de charol, de mucho abrigo, y que un joven se había tomado algunas libertades. Empezamos a subir sin decirnos ni una triste palabra y cuando estuvimos arriba de todo se me pasó el frío y la piel se me volvió a poner lisa como siempre. Le quería explicar que había reñido con el Pere, que todo estaba arreglado. Nos sentamos en un banco de piedra en un rincón oculto, entre dos árboles cargados de hojas, con un mirlo que salía de abajo, iba de un árbol a otro dando pequeños gritos, un poco roncos, y estábamos un rato sin verle hasta que volvía a salir de abajo cuando ya no pensábamos en él, y volvía a hacer lo mismo. Sin mirarle, por el rabillo del ojo, veía a Quimet que miraba las casas, pequeñas y lejos. Por fin dijo, ¿no te da miedo este pájaro? Le dije que me gustaba mucho y él me dijo que su madre siempre le había dicho que los pájaros negros traían desgracias, aunque fuesen mirlos. Todas las demás veces que me había visto con Quimet, después del primer día en la plaza del Diamante, la primera cosa que me preguntaba, echando la cabeza y el cuerpo hacia delante, era si ya había reñido con el Pere. Y aquel día no me lo preguntaba y yo no sabía de qué manera empezar a decirle que ya le había dicho al Pere que lo nuestro no podía ser. Y me dolía mucho habérselo dicho, porque el Pere se había quedado como una cerilla cuando después de haberla encendido la soplan. Y cuando pensaba que había reñido con el Pere tenía una pena dentro y esa pena me hacía darme cuenta de que había hecho una mala acción. Seguro: porque yo que me había sentido muy tranquila por dentro, cuando me acordaba de la cara que había puesto el Pere sentía como un dolor muy hondo, como si en el medio de mi paz de antes se abriese la puertecita de un nido de escorpiones y los escorpiones saliesen a mezclarse con la pena y a hacerla punzante y a derramárseme por la sangre y a ponérmela negra. Porque el Pere, con la voz estrangulada y las niñas de los ojos con un color empañado que le temblaba, me dijo que le había deshecho la vida. Que le había convertido en un poco de barro, en nada. Y mirando al mirlo fue cuando el Quimet empezó a hablar del señor Gaudí, que su padre le había conocido el día que le aplastó el tranvía, que su padre había sido uno de los que le habían llevado al hospital, pobre señor Gaudí, tan buena persona, mira qué muerte más miserable... Y que en el mundo no había nada como el parque Güell y como la Sagrada Familia y la Pedrera. Yo le dije, demasiadas ondas y demasiados picos. Me dio un golpe en la rodilla con el canto de la mano que me hizo levantar la pierna de sorpresa y me dijo que si quería ser su mujer tenía que empezar a parecerme bien todo lo que a él le parecía bien.

Me soltó un gran sermón sobre el hombre y la mujer y los derechos del uno y los derechos de la otra y cuando pude cortarle le pregunté:

—¿Y si una cosa no me gusta de ninguna manera?

—Tendrá que gustarte, porque tú no entiendes.

Y otra vez el sermón: muy largo. Salió a relucir mucha gente de su familia: sus padres, un tío que tenía capillita y reclinatorio, sus abuelos y las dos madres de los Reyes Católicos que eran, dijo, las que habían marcado el buen camino.

Y entonces, que al principio no acabé de entenderlo, porque lo mezcló con otras cosas que decía, dijo, pobre María...Y otra vez las madres de los Reyes Católicos y que a lo mejor nos podríamos casar pronto porque ya tenía dos amigos buscándole piso. Y que me haría unos muebles que en cuanto los viera me caería de espaldas porque para algo era ebanista y que él era como si fuese San José y que yo era como si fuese la Virgen.

Todo lo decía muy contento y yo estaba pensando en lo que había querido decir cuando había dicho, pobre María... y me iba apagando del mismo modo que se iba apagando la claridad, y el mirlo sin cansarse saliendo siempre de abajo y yendo de un árbol a otro y volviendo a salir de abajo como si fuesen muchos mirlos los que lo hicieran.

—Haré un armario que servirá para los dos, con dos cuerpos, con madera de haya. Y cuando tenga el piso amueblado haré la cunita del nene.

Me dijo que los niños le gustaban y no le gustaban. Que eso iba según la luna. El sol se ponía y, donde no daba, la sombra se volvía azul y rara. Y Quimet hablaba de maderas, que si una madera, que si otra, que si la jacaranda, que si la caoba, que si el roble, que si la encina... Fue entonces, me acuerdo muy bien y me acordaré siempre, cuando me dio un beso y así que empezó a darme el beso vi a Nuestro Señor en lo más alto de su casa, metido dentro de una nube inflada, rodeado de una cenefa de color de mandarina que estaba descolorida en una punta, y Nuestro Señor abrió los brazos muy abiertos, que los tenía muy largos, cogió la nube por los bordes y se encerró como si se encerrase dentro de un armario.

—Hoy no tendríamos que haber venido.

El primer beso se juntó con otro y todo el cielo se nubló. Yo veía la nube que iba escapándose poco a poco y salieron otras nubes más flacas y todas se pusieron a seguir a la nube gorda y Quimet sabía a café con leche. Y gritó, ¡ya cierran!...

—¿Cómo lo sabes?

—¿No has oído el silbato?

Nos levantamos, el mirlo escapó asustado, el aire me movía la falda... y bajamos, caminito abajo. Sentada en un banco de azulejos había una niña que se metía los dedos en la nariz y después pasaba el dedo por una estrella de ocho puntas que había en el respaldo del banco. Llevaba un vestido del mismo color que el mío y yo se lo dije a Quimet. No me contestó. Cuando salimos a la calle le dije, mira, todavía entra gente... y me dijo que no me preocupase, que pronto les echarían. Íbamos calle abajo y en el momento en que estaba a punto de decirle, ¿sabes?, ya he reñido con el Pere, se paró en seco, se me puso delante, me cogió por los brazos y me dijo, mirándome como si fuese una persona de mala ley, pobre María...

Estuve a punto de decirle que no se preocupase, que me dijese lo que le pasaba con la María..., pero no me atreví. Me soltó los brazos, se me puso al lado otra vez, y hala para abajo, hasta que llegamos a Diagonal-paseo de Gracia. Empezamos a dar vueltas alrededor de un montón de casas, y yo no podía más con mis pies. Cuando hacía media hora que dábamos vueltas me volvió a coger por los brazos, estábamos debajo de un farol, y cuando yo creía que me iba a decir otra vez pobre María, y aguantaba la respiración esperando que lo dijese, dijo con rabia:

—¡Si no llegamos a bajar pronto de allá arriba, entre el mirlo y todo lo demás, no sé lo que hubiera pasado!... ¡Pero no te fíes, porque el día que te pille te vas a enterar!

Seguimos dando vueltas a las casas hasta las ocho, sin decirnos ni una palabra, como si fuésemos mudos de nacimiento. Cuando me quedé sola miré al cielo y sólo era negro. Y no sé..., todo ello fue muy misterioso...

III

Me lo encontré plantado en la esquina, por sorpresa, un día que no tenía que venir a buscarme.

—¡No quiero que trabajes más para ese pastelero! ¡Me he enterado de que va tras las dependientas!

Me puse a temblar y le dije que no gritase, que no podía dejar la casa así, de cualquier manera, y sin educación, que, pobre hombre, no me decía nunca ni palabra y que vender dulces me gustaba y que si me hacía dejar de trabajar a ver qué... Me dijo que en el invierno, una tarde, cuando ya era oscuro, había venido a verme trabajar...Y dijo que mientras yo acompañaba a una clienta a escoger una caja de bombones al escaparate de la derecha, el pastelero me seguía con los ojos, no a mí, sino a mi trasero. Le dije que iba demasiado lejos y que sería mejor que lo dejásemos si no tenía confianza en mí.

—Sí que tengo confianza, pero no quiero que el pastelero se divierta.

—¡Te has vuelto loco —le dije—, es un señor que sólo piensa en su negocio! ¿Oyes?

Me enfadé tanto que la cara me ardía. Me cogió por el cuello con una mano y me zarandeó la cabeza. Le dije que se retirase y que si no me hacía caso llamaría a un guardia. Estuvimos tres semanas sin vernos y cuando ya me arrepentía de haberle dicho al Pere que entre nosotros todo se había acabado, porque el Pere al fin y al cabo era un buen muchacho que nunca me había dado ningún disgusto, volvió a comparecer, más tranquilo que el tronco de un árbol, y la primera cosa que me dijo, con las manos en los bolsillos, fue, y la pobre María a paseo por tu culpa...

Íbamos hacia la calle Mayor por la rambla del Prat. Se detuvo frente a una tienda que tenía muchos sacos en la puerta, metió la mano dentro de un saco lleno de arvejas, dijo, qué arvejas más bonitas... y seguimos andando. Se había quedado con unas cuantas arvejas en la mano y cuando yo estaba más distraída me las metió en la espalda por el cuello de la blusa. Me hizo pararme delante de un escaparate lleno de ropa de confección, ¿ves?, cuando estemos casados te haré comprar delantales como ésos. Yo le dije que parecían del hospicio y él dijo que eran como los que llevaba su madre y yo le dije que tanto me daba, que yo no quería llevarlos porque parecían del hospicio.

Dijo que me presentaría a su madre, que ya le había hablado de mí y que su madre tenía muchas ganas de ver cómo era la novia que su hijo había escogido. Fuimos un domingo. Vivía sola. Quimet estaba de pensión para no darle trabajo y decía que así eran más amigos, porque, juntos, no se llevaban bien. Y su madre vivía en una casita hacia los Periodistas y desde la galería se veía el mar y la niebla que a veces lo tapaba. Era una señora menuda como una ardilla, peinada de peluquería, con muchas ondas. Tenía la casa llena de lazos. Quimet ya me lo había dicho. Encima del

Cristo de la cabecera de la cama, un lazo. La cama era de caoba negra con dos colchones y una colcha crema con rosas encarnadas y todo alrededor haciendo ondas ribeteadas de encarnado. En el tirador de la mesita de noche un lazo. En los tiradores de cada cajón de la cómoda, otro lazo. Y un lazo en cada tirador de cada puerta.

—A usted le gustan mucho las cintas —le dije.

—Sin cintas una casa no es una casa.

Y me preguntó si me gustaba vender dulces, y le dije que mucho, sí señora, sobre todo rizar las puntas del cordel con el filo de las tijeras, y que estaba deseando que llegasen las fiestas para poder hacer muchos paquetes y sentir el ric-rac de la máquina registradora y la campanilla de la puerta.

—Menuda bromista —dijo.

A media tarde Quimet me dio un codazo que significaba, vámonos. Y cuando ya estábamos a la puerta de entrada, su madre me preguntó, ¿y el trabajo de la casa, también te gusta?

—Sí, señora, mucho.

—Tanto mejor.

Entonces dijo que nos esperásemos, volvió adentro y vino con unos rosarios de cuentas negras y me los regaló. Quimet, cuando estuvimos algo lejos, me dijo que la había conquistado.

—¿Qué te dijo cuando estabais solas en la cocina?

—Que eras muy buen muchacho.

—Ya me lo figuraba.

Lo dijo mirando al suelo y dando un puntapié a una piedrecita. Le dije que no sabía qué hacer con los rosarios.

Dijo que los metiese en un cajón, que a lo mejor algún día me servirían: que no debía tirarse nada.

—A lo mejor le servirán a la nena, si tenemos una...

Y me dio un pellizco en la molla del brazo. Mientras me lo frotaba, porque me había hecho daño de verdad, me preguntó si me acordaba de no sé qué y dijo que pronto se compraría una moto, que nos vendría muy bien porque cuando estuviésemos casados recorreríamos todo el país, y que yo iría detrás. Me preguntó si yo había ido alguna vez en una moto con algún muchacho y le dije que no, que nunca, que me parecía muy peligroso, y se puso contento como un pájaro, y dijo ¡qué va, mujer!...

Entramos en el Monumental a hacer el vermut y a comer pulpitos. Allí se encontró con Cintet, y Cintet, que tenía los ojos muy grandes, como de vaca, y la boca un poco torcida, dijo que había un piso en la calle de la Perla bastante bien de precio pero abandonado, porque el dueño no quería quebraderos de cabeza y que las reparaciones tendrían que ser a cuenta de los inquilinos. El piso estaba debajo de la azotea y esto nos gustó mucho y más todavía cuando el Cintet nos dijo que la azotea sería toda para nosotros. La azotea sería todo para nosotros porque los vecinos de los bajos tenían patio interior y los del primer piso, por una escalera de caracol, iban a un pequeño jardín que tenía lavadero y gallinero. Quimet se entusiasmó y le dijo a Cintet que no debían dejarlo escapar de ningún modo y Cintet dijo que al día siguiente iría allí con Mateu y que fuésemos nosotros también. Todos juntos. Quimet le preguntó si sabía de alguna moto de segunda mano, porque un tío de Cintet tenía un garaje y Cintet trabajaba en el garaje de su tío y

Cintet le dijo que ya lo miraría. Charlaban como si yo no estuviese allí. Mi madre no me había hablado nunca de los hombres. Ella y mi padre pasaron muchos años peleándose y muchos años sin decirse nada. Pasaban las tardes de los domingos sentados en el comedor sin decirse nada. Cuando mi madre murió, ese vivir sin palabras aumentó todavía más. Y cuando al cabo de unos cuantos años mi padre se volvió a casar, en mi casa no había nada a lo que yo pudiera cogerme. Vivía como deben de vivir los gatos: de acá para allá, con la cola baja, con la cola alta, ahora es la hora de tener hambre, ahora es la hora de tener sueño; con la diferencia de que un gato no ha de trabajar para vivir. En casa vivíamos sin palabras y las cosas que yo llevaba por dentro me daban miedo porque no sabía si eran mías...

Cuando nos despedimos en la parada del tranvía, oí que Cintet le decía a Quimet, no sé de dónde la has sacado, tan mona... y oí la risa de Quimet, ja, ja, ja...

Dejé los rosarios en la mesita de noche y me asomé a mirar el jardín de abajo. El hijo de los vecinos, que estaba de soldado, tomaba el fresco. Hice una bolita de papel, se la tiré y me escondí.

IV

—Haces bien en casarte joven. Necesitas un marido y un techo.

La señora Enriqueta, que vivía de vender castañas y boniatos en la esquina del Smart en invierno, y cacahuetes y chufas por las fiestas mayores en verano, siempre me daba buenos consejos. Sentada frente a mí, sentadas las dos cerca del balcón de la galería, de cuando en cuando se subía las mangas; para subírselas, callaba, y cuando las tenía arriba volvía a charlar. Era alta, con boca de pez y una nariz de cucurucho. Siempre, en verano y en invierno, llevaba medias blancas y zapatos negros. Iba muy limpia. Y le gustaba mucho el café. Tenía un cuadro colgado con un cordel amarillo y rojo, que figuraba unas langostas con corona de oro, cara de hombre y pelo de mujer y toda la hierba de alrededor de las langostas, que salían de un pozo, estaba quemada, y el mar del fondo y el cielo de arriba eran de color de sangre de buey y las langostas llevaban corazas de hierro y mataban a coletazos... Afuera llovía. La lluvia caía muy fina sobre todos los tejados, sobre todas las calles, sobre todos los jardines, sobre el mar como si no tuviese bastante agua, y a lo mejor sobre las montañas. Apenas se veía y era el principio de la tarde. Colgaban gotas de lluvia de los alambres de tender la ropa y jugaban a perseguirse, y, a veces, alguna caía y antes de caer se estiraba, se estiraba, como si le costara desprenderse. Ya hacía ocho días que llovía; una lluvia fina, ni demasiado fuerte ni demasiado floja, y las nubes estaban tan llenas que su hinchazón las arrastraba por los tejados. Mirábamos la lluvia.

—Creo que el Quimet te conviene más que el Pere. Tiene un establecimiento, mientras que el Pere trabaja por cuenta ajena. El Quimet es más despabilado y sabe ganarse mejor la vida.

—Pero algunas veces parece triste y dice, pobre María...

—Pero se casará contigo, ¿verdad?

Yo tenía los pies helados porque llevaba los zapatos mojados, y tenía la frente muy caliente. Le dije que el Quimet quería comprarse una moto y me dijo que ya se veía que era muy moderno. Y fue la señora Enriqueta la que me acompañó para comprar la tela para hacerme la ropa de novia, y cuando le dije que a lo mejor nos quedábamos con un piso cerca de su casa, se puso muy contenta.

El piso estaba abandonado. La cocina olía a cucarachas y encontré un nido de huevos alargados de color de caramelo, y el Quimet me dijo, busca que todavía encontrarás más. El papel del comedor era un papel con rayitas que hacían aros. El Quimet dijo que quería un papel verde manzana, y papel de color de nata en la habitación del niño, con una cenefa de payasos. Y una cocina nueva. Le dijo al Cintet que avisase al Mateu, que le dijese que quería verle. El domingo por la tarde fuimos todos al piso. El Mateu se puso enseguida a deshacer la cocina, y un peón, con los panta-

lones llenos de remiendos, se iba llevando capazos llenos de
cascotes y los vaciaba en un carretón que había dejado en
la calle. Pero el peón ensuciaba la escalera y salió una vecina del primer piso y le dijo que no se marchase sin barrer
porque no quería romperse las piernas de un resbalón...
y el Quimet, de cuando en cuando, decía, a ver si nos roban
el carrito... Empezó a mojar con el Cintet las paredes del
comedor y con una rasqueta arrancaban el papel. Al cabo
de un rato de trabajar nos dimos cuenta de que el Quimet
no estaba. El Cintet dijo que cuando el Quimet no tenía
ganas de hacer alguna cosa se escurría como una anguila.
Fui a la cocina a beber agua y el Mateu tenía la camisa cala-
da por la espalda y la cara le brillaba de sudor y golpeaba sin
parar con el martillo contra la escarpa. Fui otra vez a arrancar papel. Y el Cintet me dijo que cuando el Quimet volviese se haría el distraído y que estaba seguro de que volvería tarde. El papel costaba mucho de despegar y debajo de
la primera capa salió otra, y luego otra, hasta cinco. Cuando ya había oscurecido y nos lavábamos las manos volvió el
Quimet y dijo que mientras ayudaba al peón a cargar los
escombros en el carretón se había encontrado con un clien-
te... Y el Cintet dijo, y se te ha pasado el tiempo, claro... Y el
Quimet decía sin mirarle que allí había más trabajo de lo
que habían pensado, pero que ya saldrían adelante. Cuando íbamos a bajar la escalera el Mateu dijo que me harían
una cocina que parecería la cocina de una reina. Y entonces el Quimet quiso subir a la azotea. Allí corría mucho el
aire y se veían muchas azoteas, pero el mirador del primer
piso nos tapaba la vista de la calle. Nos marchamos. Entre
nuestro rellano y el del primer piso la pared estaba pintarra-

jeada: nombres y monigotes. Y entre los nombres y los monigotes había unas balanzas muy bien dibujadas con las rayas hundidas en la pared como si las hubiesen hecho con la punta de un punzón. Uno de los platillos colgaba un poco más abajo que el otro. Pasé el dedo alrededor de uno de los platillos. Fuimos a hacer el vermut y a comer pulpitos. A media semana me volví a pelear con el Quimet por aquella manía que le había cogido al pastelero.

—Si le vuelvo a ver mirándote el trasero con aquellos ojos, entraré y me va a oír —gritaba. Estuvo dos o tres días sin aparecer, y cuando volvió, le pregunté si se le había pasado y se me puso como un gallo de pelea y dijo que había venido a pedirme explicaciones, porque me había visto paseando con el Pere. Le dije que me habría confundido con otra. Dijo que era yo. Le juré que no era verdad y él juraba que sí. Al principio se lo discutí normalmente, pero como no me creía me hizo gritar y me dijo, al ver que gritaba, que todas las mujeres estaban locas y que no valían ni un real y entonces le pregunté en qué sitio me había visto con el Pere.

—En la calle.

—¿Pero en qué calle?

—En la calle.

—¿Pero en cuál? ¿Pero en cuál?

Se fue dando grandes zancadas. No dormí en toda la noche. Al día siguiente volvió y me dijo que tenía que prometerle que no saldría nunca más con el Pere y para acabar de una vez y no oír más aquella voz, que cuando estaba rabioso no parecía la suya, le dije que no saldría más con el Pere. En lugar de ponerse contento se enfureció como un demonio, me dijo que ya estaba harto de mentiras, que me había puesto una trampa y que yo había caído en ella como un ratón, y me hizo pedirle perdón por haber salido a pasear con el Pere y por haberle dicho que no había salido y al final me hizo llegar a creer que había salido con el Pere y me dijo que me arrodillase.

—¿En medio de la calle?

—Arrodíllate por dentro.

Me hizo pedirle perdón arrodillada por dentro por haber salido a pasear con el Pere, al que, pobre de mí, no había visto desde que reñimos. El domingo fui a rascar papel. El Quimet no vino hasta la hora de terminar porque había tenido que trabajar en un mueble que tenía entre manos. El Mateu estaba a punto de acabar la cocina. Otra tarde, y lista. Toda de baldosas blancas hasta donde llegaba la mano con el brazo estirado. Y encima de los fogones, brillantes baldosines encarnados. El Mateu dijo que todas las baldosas venían de la obra. Dijo que era su regalo de boda. El Quimet le abrazó, y el Cintet, con sus ojos de vaca pasmada, se frotaba las manos. Fuimos todos juntos a tomar el vermut y a comer pulpitos. El Cintet dijo que si necesitábamos anillo él conocía a un joyero que nos lo daría muy barato. Y el Mateu dijo que él conocía a otro que nos lo daría a mitad de precio.

—No sé cómo lo haces —le dijo el Quimet.

Y el Mateu, todo colorado y con sus ojos azules, reía contento y nos miraba poco a poco, primero a uno, después a otro.

—Manitas que tiene uno.

V

La víspera del Domingo de Ramos, mi padre me preguntó que cuándo nos casábamos. Iba para el comedor, delante de mí, con los talones de los zapatos muy gastados por
la parte de fuera. Le dije que no lo sabíamos..., que cuando el piso estuviera listo.

—¿Os falta mucho?

Le dije que no podía decirlo porque dependía del tiempo que le dedicásemos. Que en la pared había por lo menos
cinco capas de papel y que el Quimet no quería que quedase ni una porque le gustaban las cosas bien hechas y para
toda la vida.

—Dile que venga a comer el domingo.

Se lo dije al Quimet y se me puso como una fiera.

—Fui a pedirle tu mano y se me hizo el desinteresado y
me dijo que yo era el tercero y que a ver si iba a ser el último, para quitarme las ganas, ¿y ahora me invita? En cuanto estemos casados...

Fuimos a la bendición. En la calle había niños con pal-
mones y niñas con palmas y niños con carracas y niñas también con carracas, y algunas en vez de carracas llevaban mazos

de madera y mataban judíos por las paredes, y por el suelo, y encima de una lata o de un cubo, y por todas partes. Cuando llegamos a los Josepets todo el mundo gritaba. El Mateu venía con nosotros, con la niña en brazos, una niña como una flor y él la llevaba cogida como si fuese una flor de verdad. Era muy rubia y con tirabuzones y tenía los ojos azules como el Mateu, pero era una niña que no se reía. Llevaba una palma que medio la sostenía el Mateu, toda llena de cerezas confitadas. Otro padre llevaba un niño en brazos y sostenía un palmón pequeño con un lazo de seda azul y una estrella de brillantes y los dos padres empujados por la gente y sin darse cuenta se fueron acercando el uno al otro y el niño empezó a arrancar cerezas de la palma de la niña de Mateu y cuando nos dimos cuenta la palma ya tenía medio lado pelado.

Fuimos a comer a casa de la madre del Quimet: tenía muchos ramitos de boj encima de la mesa, atados con una cintita encarnada. Y palmas pequeñas atadas con una cintita azul cielo. Dijo que cada año lo preparaba así para quedar bien con sus amistades. Y a mí me regaló un ramito con la cintita colorada porque le dije que yo había bendecido la palma. Y del jardín entró una señora y la madre del Quimet me la presentó. Era una señora vecina que la madre del Quimet había acogido, porque se había peleado con su marido.

A la hora de comer, cuando ya habíamos empezado, el Quimet pidió la sal. La madre del Quimet levantó la cabeza como si la hubiesen pinchado y dijo que ella siempre ponía la sal justa en las comidas. Y el Quimet dijo, pues hoy lo ha hecho soso. La señora vecina dijo que no lo encontraba ni salado ni soso; que estaba en su punto. Y el Quimet dijo que no podía estar más soso. Su madre se levantó muy tiesa y fue a la cocina y volvió con un salero que era un conejo y la sal le salía por las orejas. Dejó el salero encima de la mesa y dijo con una voz muy seca, la sal. Y el Quimet en lugar de echarse sal en el plato empezó a decir que todos estábamos hechos de sal desde que aquella señora que no obedeció a su marido se volvió a mirar aunque se le había dicho que anduviese bien derecha y para adelante. La madre del Quimet le dijo que callase y que comiese y él preguntó a la señora vecina si tenía razón o no tenía razón al decir que la señora no tendría que haberse vuelto y la señora vecina, sin dejar de masticar y de tragarse la comida con modales muy finos, dijo que ella no entendía de eso.

Y el Quimet dijo entonces que el demonio, y cuando dijo el demonio se calló y dirigiéndose a su madre y sacudiendo el salero conejo le dijo, mire, ¿ve?, ni un grano de sal. Ha pasado la mañana haciendo lacitos y ni un grano de sal. Salí en defensa de la madre del Quimet y dije que sí, que había puesto sal en la comida. Y la señora vecina dijo que a ella le costaba mucho comer la comida demasiado salada y el Quimet dijo que ahora lo entendía, que su madre había hecho la comida sin sal para darle gusto a ella pero que una cosa era hacer la comida al gusto de una señora vecina y que otra era hacer creer a su hijo que había echado sal a la comida. Y se iba echando sal en el plato y su madre se santiguó y el Quimet cuando tuvo la comida bien salada dejó el salero encima de la mesa y se puso a hablar de la sal otra vez. Y que ya sabía todo el mundo que el demonio... Y su madre dijo que no nos mareas más, pero él siguió como si nada, que el demonio había hecho a los diabéticos, que eran de azúcar, sólo para molestar. Todos somos salados: el sudor, las lágrimas... y me dijo, lámete la mano y verás qué gusto tiene. Y dale con el demonio y la señora vecina le dijo que a ver si era un chiquillo que creía en el demonio, y el Quimet dijo, que el demonio, otra vez, y su madre le dijo, calla. Y el Quimet todavía no había empezado a comer y todos estábamos ya a medias y fue entonces cuando dijo que el demonio era la sombra de Dios y que también estaba por todas partes, en las plantas, en las montañas, fuera, por las calles, y dentro de las casas, por debajo y por encima de la tierra y que iba disfrazado de moscardón, todo negro, con reflejos azules y rojos y que cuando sólo era moscardón se hartaba de basuras y de los animales muertos medio podridos que tiraban en el estercolero. Y retiró el plato y dijo que no tenía hambre y que sólo comería el postre.

El domingo siguiente vino a comer a casa y le regaló un puro a mi padre. Yo llevé un brazo de gitano de crema. El Quimet estuvo toda la comida hablando de maderas y de la resistencia que tenían unas y que tenían otras. Mientras tomábamos café Quimet me dijo que si quería salir pronto o que si prefería salir tarde y yo le dije que me daba lo mismo. Pero la señora de mi padre dijo que más valía que la juventud se divirtiese y a las tres ya estábamos en la calle con un sol que lo anegaba todo. Fuimos al piso a rascar papel. Allí encontramos al Cintet, que había llevado dos rollos y los estaba mirando con Mateu y dijo que conocía a un empapelador que nos lo empapelaría gratis si Quimet le regalaba unas patas para una mesa que las tenía muy carcomidas y que una estaba medio desencolada porque sus chiquillos cuando se quedaban solos en casa la hacían bailar a propósito para desencolarla. Y se pusieron de acuerdo.

Y cuando tuvimos el comedor empapelado, en el lado derecho nos salió una mancha. Hicieron venir al chico que lo había empapelado y él dijo que la culpa no era suya, que la mancha debía de haber salido después. Que era un defecto de la pared que se le había reventado alguna cosa dentro. Y Quimet dijo que aquella mancha ya debía de estar allí y que su obligación era haber dicho que había humedad. Mateu dijo que sería mejor que fuésemos a ver a los vecinos porque a lo mejor tenían el fregadero en aquel lado y que si lo tenían agujereado estábamos perdidos. Fueron los tres a casa de los vecinos y les recibieron con malos modos, que si teníamos una mancha ellos no tenían ninguna y dieron la dirección de su dueño. El dueño dijo que ya enviaría a alguien para que viese la mancha y no vino nadie y por fin vino él en persona, miró la mancha y dijo que era un desperfecto que debíamos pagar nosotros o nuestro dueño porque era una avería que habíamos hecho picando. Quimet le dijo que no habíamos picado. El dueño dijo que se habría resentido cuando habíamos hecho la cocina y que él se lavaba las manos. Quimet se encabritó. Mateu dijo que si había que hacer una reparación lo mejor sería pagarla a medias. Pero el dueño vecino no quiso saber nada, vayan a ver a su dueño, decía.

—Si la mancha viene de su lado, ¿para qué vamos a ir a casa de nuestro dueño?

Y el dueño vecino decía que si la mancha venía de su lado él podía demostrar que en su lado no había nada que pudiese hacer salir la mancha. El dueño se fue y todos gruñían. Y tanto ir y venir, tanto hablar y tanto enfadarse, para nada, para una cosa que no merecía la pena, para una cosa que se arregló poniendo delante el aparador.

Cada domingo íbamos al Monumental a hacer el vermut y a comer pulpitos. Un día se nos acercó un hombre con camisa amarilla que nos quería vender postales de una artista que había sido la reina de París hacía muchos años. Dijo que era su representante, que aquella artista, que había sido amada por príncipes y reyes, vivía ahora sola y tenía que ir vendiendo sus cosas y sus recuerdos. Quimet le mandó a paseo. Cuando salimos dijo que me podía ir para casa porque él tenía cita con un señor que le quería hacer restaurar tres dormitorios. Di unas cuantas vueltas por la calle Mayor mirando escaparates. Y el escaparate de las muñecas en la casa de los hules. Unos cuantos tontos me empezaron a decir cosas para molestarme y uno muy gitano se acercó más que los otros y dijo, está buena. Como si yo fuese un plato de sopa. Todo aquello no me hacía ninguna gracia. Claro que era verdad, como mi padre siempre decía, que yo había nacido exigente..., pero lo que a mí me pasaba es que no sabía muy bien para qué estaba en el mundo.

VI

Dijo que me presentaría a mosén Joan. Y mientras íbamos a verle me salió con que teníamos que pagar el alquiler del piso a medias. Como si fuésemos dos amigos. Me costó una bronca en casa porque mi padre administraba el dinero que nos quedaba después de que su señora se hubiera quedado lo que costaba mi comida. Por fin mi padre dijo que sí, que pagase la mitad del alquiler. Pero Quimet eso del alquiler me lo dijo mientras íbamos a ver a mosén Joan.

Mosén Joan parecía hecho de ala de mosca: quiero decir la vestimenta que llevaba. De esa especie de color negro pasado. Nos recibió como un santo. Quimet le dijo, a mí, eso de casarme..., es un momento, y cuanto menos se gaste mejor y si se puede acabar en cinco minutos en vez de en diez, mejor. Mosén Joan, que conocía a Quimet desde pequeño, se puso las manos abiertas encima de las rodillas, se echó para delante, y con los ojos anublados, porque se ve que los años se le habían puesto en los ojos, dijo, no lo creas. El matrimonio es algo para toda la vida y hay que darle importancia. ¿Verdad que tú te pones guapo los domingos? Pues el matrimonio cuando empieza es como un gran domingo, necesita ceremonia. Si no diésemos importancia a nada sería como si todavía no estuviéramos civilizados... Y supongo que tú quieres ser civilizado... Quimet escuchaba con la cabeza baja y cuando iba a decir algo mosén Joan le hizo callar con la mano.

—Yo os casaré y creo que será mejor que no tengáis prisa. Ya sé que la juventud va acelerada y que el caso es vivir y vivir deprisa..., pero la vida, para que sea vida, hay que vivirla poco a poco... Creo que a tu prometida le gustará más ir vestida de blanco para que todo el mundo que la vea sepa que es una novia que no vestirse con un vestido corriente aunque sea nuevo... Las muchachas son así. Y todas las bodas que he hecho... todas las buenas bodas que he hecho han sido con la muchacha vestida de blanco.

Cuando salimos Quimet dijo, le tengo mucho respeto porque es un buen hombre.

Todo lo que me llevé de mi casa fue la cama de latón, que era lo único que tenía. Cintet nos regaló la lámpara del comedor, de hierro, con unos flecos de seda de color de fresa, y que se colgaba del techo con tres cadenas de hierro unidas con una flor de hierro de tres hojas. Fui vestida de blanco con falda larga. Quimet iba de oscuro. También vino el aprendiz y la familia de Cintet: tres hermanas y dos hermanos casados que vinieron con sus mujeres. Mi padre también vino para llevarme al altar; y la madre de Quimet, con un vestido de seda negro que cuando se movía crujía por todas partes. Y la Julieta con un vestido de encaje de color ceniza con un lazo rosa. Todos juntos hacíamos un buen grupo. La mujer de Mateu, que se llamaba Griselda, a última hora no pudo venir porque no se encontraba bien y

Mateu dijo que le pasaba a menudo y que la disculpásemos. Todo fue muy largo y mosén Joan hizo un sermón muy bonito; habló de Adán y Eva, de la manzana y de la serpiente, y dijo que la mujer estaba hecha de una costilla del hombre y que Adán se la encontró dormida a su lado sin que Nuestro Señor le hubiese preparado para la sorpresa. Nos contó cómo era el paraíso: con arroyos, y prados de hierba corta y flores de color de cielo y Eva, cuando se despertó, lo primero que hizo fue coger una flor azul y soplarla y las hojas volaron un rato y Adán la regañó porque había hecho daño a una flor. Porque Adán, que era el padre de todos los hombres, sólo quería el bien. Y todo acabó con la espada de fuego... Como el rosario de la aurora, dijo la señora Enriqueta, que estaba sentada detrás de mí, y yo me puse a pensar lo que diría mosén Joan si un día llegaba a ver el cuadro de las langostas con aquella cabeza tan complicada, que mataban a coletazos... Todo el mundo dijo que el sermón había sido de los más bonitos que mosén Joan había dicho y el aprendiz dijo a la madre de Quimet que mosén Joan, en la boda de su hermana, también había hablado del paraíso y de los primeros padres y del Ángel y de la espada de llamas..., todo igual; sólo eran diferentes las flores que en la boda de su hermana había dicho que eran amarillas y el agua de los arroyos que había dicho que era azul por la mañana y de color de rosa por la tarde.

Fuimos a la sacristía a firmar y después los coches nos llevaron a Montjuich a pasear para abrir el apetito. Y después de pasear, mientras los invitados tomaban el vermut, Quimet y yo nos fuimos a retratar. Nos hicieron unas fotografías con Quimet de pie y yo sentada y con Quimet sentado y yo de pie. Y con los dos sentados medio vueltos de espalda y otra con los dos sentados y vueltos de cara, para que no parezca que siempre están reñidos, dijo el fotógrafo. Y otra con los dos de costado y de pie, yo con una mano encima de una mesita de tres pies, que bailaba, y otra con los dos sentados en un banco, al lado de un árbol de tul y de papel. Cuando llegamos al Monumental dijeron que ya estaban cansados de esperarnos y les dijimos que el fotógrafo nos había hecho fotografías artísticas y que eso llevaba tiempo. El caso fue que ya no quedaban aceitunas ni anchoas y Quimet dijo que lo mismo daba y que nos pusiésemos a comer, pero que tenía que decirles que eran una pandilla de maleducados. Y todo el rato que duró la comida estuvo discutiendo con Cintet... que si las aceitunas que si no las aceitunas y Mateu no decía nada, sólo me miraba de vez en cuando y se reía. Y me dijo por detrás de la silla de mi padre, siempre dan risa. Comimos muy bien y después de comer tocaron música de discos y todos a bailar. Mi padre bailó conmigo. Yo bailaba con el velo y al final me lo quité y se lo di a la señora Enriqueta para poder bailar mejor. Y cuando bailaba me recogía la falda porque tenía miedo de que me la pisasen y con Mateu bailé un vals y Mateu bailaba bien y me llevaba como a una pluma, como si yo no hubiese hecho en la vida otra cosa que bailar de tan bien que me llevaba. La cara me ardía. Bailé con el aprendiz que casi no sabía y Quimet se reía de él para fastidiarle, pero el aprendiz iba a lo suyo sin hacerle caso. Y a medio baile entraron unos señores que comían en un salón al lado del nuestro y preguntaron si les dejaríamos unirse a nosotros. Todos eran mayores, ya de unos cuarenta años. Y después de aquellos cuatro vinieron dos más. Total media docena. Y dijeron que ellos celebraban una operación de apendicitis que le habían hecho al más joven que llevaba un cordoncito colgado a la oreja porque era un poco sordo, que la operación había ido muy bien, como podíamos ver, y que se habían enterado de que al lado de su salón había un baile de boda y que a ver si los dejábamos ser del grupo porque necesitaban alegría y juventud. Y todos aquellos señores me felicitaron y me preguntaron quién era el novio y le regalaron puros y todos bailaron conmigo y todo eran risas, y al ver que se nos habían unido aquellos señores que celebraban la operación, el camarero que había servido los licores dijo que si le dejaríamos bailar un baile con la novia, que era una costumbre que tenía y que eso le daba suerte. Dijo que si no nos molestaba se apuntaría mi nombre en una libreta donde tenía el nombre de todas las novias con quienes había bailado y se apuntó mi nombre y nos mostró la libreta y la libreta tenía siete páginas llenas de nombres. Era como un espárrago, bastante chupado de cara y sólo tenía un diente. Llevaba el pelo peinado todo a un lado para que le tapase el trozo que no tenía pelo, y para bailar con el camarero que tenía ganas, dijo, de bailar un vals, Quimet puso un pasodoble muy movido y el camarero y yo parecíamos flechas arriba y abajo y todo el mundo estaba muy contento y a la mitad Quimet dijo que quería acabar el pasodoble conmigo porque me había conocido bailando un pasodoble y el camarero me pasó a Quimet y después se pasó la mano por la cabeza para ponerse bien el pelo y se lo acabó de despeinar y cada pelo le iba por donde quería. Los señores de la operación se habían quedado de pie al lado de la puerta, todos de negro con un clavel blanco en el ojal, y mientras bailaba les veía de reojo y me parecían de otro mundo. Mientras bailaba con Quimet él me decía que qué se habían creído, hacerle hacer el ridículo, que sólo faltaba mosén Joan con el sermón y se acabó el baile. Todo el mundo aplaudía y yo no podía respirar y el corazón me iba deprisa y la alegría se me salía por los ojos. Y cuando acabó todo, yo habría querido que fuese el día antes para poder volver a empezar, tan bonito...

VII

Ya hacía dos meses y siete días que nos habíamos casado.
La madre del Quimet nos había regalado el colchón y la
señora Enriqueta una colcha antigua, con flores de ganchillo que sobresalían. La tela del colchón era azul, con un
dibujo de plumas brillantes y rizadas. La cama era de madera clara. La cabecera y los pies estaban hechos de columnitas puestas en fila y las columnitas eran todo de bolas
puestas unas encima de otras. Debajo de la cama se podía
meter muy bien una persona. Lo supe por experiencia el
día que estrené el vestido de color castaña con un cuello
muy fino de color crema, que me había hecho yo misma. Toda la falda era plisada y toda la delantera se abrocha-
ba con pequeños botones dorados. Después de cenar, sin
decir nada para darle una sorpresa, mientras el Quimet
dibujaba un mueble bajo la lámpara de hierro que hacía
un redondel claro encima de la mesa, fui a ponerme el vestido nuevo y cuando lo tuve puesto me presenté en el
comedor. Sin levantar la cabeza del trabajo el Quimet me
preguntó:

—¿Qué estabas haciendo, tan callada?

Me miró y la sombra del fleco de color fresa le caía en mitad de la cara y ya hacía días que había dicho, tendremos que colgar esta luz más arriba para que se extienda más la claridad. Yo estaba plantada delante de él y él me miraba y no decía ni palabra y estuvo así un buen rato y yo no podía resistir más y él me miraba sin parar. Los ojos, en la sombra, todavía eran más pequeños y más hundidos y cuando ya no podía aguantar más se levantó como un chorro de agua, con los brazos en alto y las manos abiertas con los dedos muy separados y se me echó encima haciendo, uuuuuu..., uuuuuu... Eché a correr pasillo adelante y el Quimet detrás de mí, uuuuuuu..., uuuuuuu... Entré en nuestro dormitorio y hasta allí me siguió y me tiró al suelo y me metió debajo de la cama empujándome por los pies y él saltó encima de la cama. Cuando intentaba salir me daba un golpe en la cabeza, ¡castigada!, gritaba. Y cuando yo trataba nuevamente de salir por un lado o por otro, ¡plaf!, otra vez la mano en la cabeza, ¡castigada! Esta broma me la hizo después otras muchas veces.

Un día vi unas jícaras de chocolate muy bonitas y compré seis: todas blancas, regordetas. Y el Quimet así que las vio se enfadó; ¿y qué vamos a hacer nosotros con estas jícaras de chocolate?

Llegó el Cintet en aquel momento y antes de decir buenas tardes nos contó que el Mateu tenía un amigo que conocía a un señor de la calle de Bertrán y que aquel señor quería restaurar todos los muebles de su casa. Dice que vayas mañana a la una. La casa tiene tres pisos. Podrás recuperarte de lo que gastaste con la boda, porque este señor tiene prisa y con ese trabajo tendrás que hacer horas extraordinarias. El Quimet se apuntó la dirección y entonces abrió el armario de la cocina, ya ves con qué perdemos el tiempo... Ni a ella ni a mí nos gusta el chocolate a la taza... mira que son ganas de perder el tiempo... El Cintet cogió una jícara riéndose, hizo como que bebía y la volvió a poner al lado de las otras. Quedó bien claro que a mí no me gustaba el chocolate a la taza.

Con lo que ganó restaurando los muebles del señor de la calle de Bertrán se compró una moto de segunda mano. Compró la moto de un señor que había muerto de accidente y al que no habían encontrado hasta el día siguiente de ser cadáver. Con aquella moto íbamos por las carreteras como centellas, alborotando a las gallinas de los pueblos y asustando a las personas.

—Agárrate fuerte, que ahora viene lo bueno.

Cuando me hacía sufrir más era en las curvas; nos poníamos casi tumbados y, en la recta, nos volvíamos a enderezar, ¿te imaginabas cuando me conociste que te iba a hacer tragar tantos kilómetros? A veces se me helaba la cara y se me ponía como de cartón, me lloraban los ojos y con el carrillo pegado a la espalda del Quimet iba todo el camino pensando que no volvería nunca a casa.

—Hoy iremos por la costa.

Comimos en Badalona y no pasamos de Badalona porque nos habíamos levantado demasiado tarde. El mar no parecía de agua: era gris y triste, porque estaba nublado. Y la hinchazón que le venía de dentro era la respiración de los peces y la rabia de los peces era la respiración del mar cuando el mar subía más alto lleno de crestas y burbujas. Mientras tomábamos café, como una puñalada trapera, otra vez, pobre María...

Empezó a salirme sangre por la nariz y no había manera de pararla. Me puse una perra gorda entre ceja y ceja, me puse la llave de la puerta de la calle, que era muy grande, en el cogote. El camarero me acompañó al lavabo y me ayudó a echarme agua por la cabeza. Cuando volví el Quimet tenía los labios apretados y la nariz morada de rabia, a la hora de la propina vas a ver. Ni cinco.

Dijo que el camarero no debería haberme acompañado y yo le dije que por qué no me había acompañado él y dijo que ya era bastante mayorcita y que podía ir sola. Cuando subió a la moto, otra vez: si la María viese este cien caballos...

Empecé a tomármelo en serio. Unos cuantos días antes de decir, pobre María, yo ya sabía que se estaba acercando el momento que dijera pobre María, porque se ponía como amodorrado. Y cuando ya había dicho pobre María, y me veía preocupada, se quedaba muy callado como si no estuviera, pero yo sabía que se sentía muy tranquilo por dentro. Y yo no me podía quitar a la María de la cabeza. Si fregaba, pensaba: la María lo hará mejor que yo. Si lavaba los platos, pensaba: la María los dejará más limpios. Si hacía la cama, pensaba: la María debe de dejar las sábanas mejor estiradas... Y sólo pensaba en la María, sin parar, sin parar. Escondí las jícaras; cuando pensaba que las había comprado sin pedirle permiso al Quimet para comprarlas, se me encogía el corazón. Y la madre del Quimet, en cuanto me veía, ¿qué, no hay novedad?

Y el Quimet, con los brazos caídos, pegados a los costados, y las manos abiertas con la palma hacia afuera, se encogía de hombros y no decía nada. Pero yo le oía una voz que tenía escondida dentro y la voz escondida decía, la culpa no es mía. Y su madre me miraba y sus ojos se ponían como de cristal al mirarme, a lo mejor come poco... Me tocaba los brazos, pues no está delgada...

—Es engañadora —decía el Quimet y nos miraba a las dos. Su madre, cuando íbamos a verla, decía siempre que nos había preparado una comida de lujo. Y cuando salíamos el Quimet siempre decía, ¿qué me dices de mi madre como cocinera? Y subíamos a la moto. Ruuuuuum..., ruuuuuum... Como rayos. Por la noche, cuando me desnudaba, ya se sabía, hoy como es domingo, haremos un niño. A la mañana siguiente se levantaba como un torbellino, tirando las sábanas por el aire sin fijarse en que me dejaba destapada. De pie en la galería, respiraba fuerte. Se lavaba con mucho ruido y se presentaba en el comedor cantando. Se sentaba a la mesa y enroscaba las piernas a las patas de la silla. Yo todavía no había visto su tienda y un día me dijo que fuese. Tenía una cristalera despintada con los cristales llenos de polvo y desde dentro no se veía lo de fuera, ni desde fuera se veía lo de dentro. Cuando le dije que le limpiaría los cristales me dijo, con la tienda, no te metas. Había unas herramientas muy bonitas y dos botes de cola, una cola seca, que caía en lágrimas por fuera de los botes y porque toqué la varilla que había dentro me dijo, dándome un golpe en la mano, ¡venga, venga, no enredes!

Y como si yo no conociese al aprendiz, me lo presentó, Colometa, mi señora. El aprendiz con su cara de golfillo me dio la mano como si me diese una rama muerta. Andreuet, para servirla...

Y siempre igual, Colometa, Colometa... Y su madre, ¿no hay novedad? Y el día que dije que el plato demasiado lle-

no me mareaba y que si quería hacer el favor de vaciár-
melo un poco, la madre del Quimet dijo, ¡ya era hora! Me
hizo ir a su habitación. En los cuatro pomos de la cama,
aquella negra con colcha de rosas encarnadas, había lazos:
uno azul, uno lila, uno amarillo y uno color zanahoria. Me
hizo echarme, me tocó y me escuchó como si fuera un
médico, todavía no, dijo entrando en el comedor. Y el Quimet, sacudiendo al suelo la ceniza del puro, dijo que ya se
lo suponía.

VIII

Por fin hizo la silla. Se había pasado muchas noches haciendo los planos y viniendo a dormir cuando yo ya dormía. Me despertaba y me decía que lo más difícil era encontrar el equilibrio. Lo discutía con el Cintet y con el Mateu los domingos que hacía mal tiempo, que los pasaban en casa. Era muy extraña: medio silla, medio mecedora, medio butaca, y estuvo mucho tiempo para hacerla. Mallorquina, dijo que era. Toda de madera. Sólo se columpiaba un poco. Y dijo que tendría que hacerle un cojín del mismo color que los flecos de la lámpara. Dos: uno para sentarse y otro para poner la cabeza. En aquella silla sólo podría sentarse él.

—Es silla de hombre —dijo. Y la dejé. Añadió que la tenía que encerar cada sábado porque había que sacar todo el brillo a la madera y hacer que tuviese reflejos. Sentado en la silla, cruzaba una pierna sobre la otra. Si fumaba, para echar el humo cerraba un poco los ojos de un modo como si todo él se derritiera. Se lo conté a la señora Enriqueta.

—¿Verdad que no hace nada malo? Pues mejor que se distraiga sentado que no haciendo el loco con la moto.

Y me dijo que tuviese mucho cuidado con la madre del Quimet y que, sobre todo, no dejase que él adivinase lo que pensaba, porque si era de los que sólo viven para molestar, mejor que no me conociese los puntos flacos. Le dije que a la madre del Quimet, pobre señora, la quería un poco por aquella manía tan graciosa de hacer lazos. Pero la señora Enriqueta me dijo que eso de los lazos era un truco que la señora tenía para engañar y hacer creer que era muy inocente. Pero que de todos modos tenía que simular que la quería, porque el Quimet estaría más contento de mí si su madre me apreciaba.

Los domingos que no salíamos porque llovía, y el Mateu y el Cintet no venían, pasábamos la tarde en la cama, con aquellas columnas hechas de bolas unas encima de otras y una madera de color miel. Mientras comíamos avisaba:

—Hoy haremos un niño.

Y me hacía ver las estrellas. Ya hacía tiempo que la señora Enriqueta me dejaba adivinar que le gustaría mucho que le contase mi noche de bodas. Pero yo no me atrevía, porque no hicimos noche de bodas. Hicimos semana de bodas. Hasta aquel momento, y mientras se desnudaba, puede decirse que nunca había acabado de mirarlo bien. Estaba sentada en un rincón, sin atreverme a mover, y al final dijo, si te da vergüenza desnudarte delante de mí saldré, y si no empezaré yo para que veas que no tiene importancia. Tenía el pelo como un bosque, plantado sobre la cabeza redondita. Brillante como de charol. Se peinaba a tirones de peine y a cada tirón de peine se alisaba el pelo con la otra mano. Cuando no tenía peine se lo peinaba con los dedos de las manos abiertos, muy deprisa, muy deprisa, como si una mano persiguiese a la otra. Si no se peinaba, le caía un mechón en la frente, que era muy ancha y un poco baja. Las cejas eran espesas, negras como el pelo, encima de sus ojos menudos y brillantes de ratón. Los bordes de los ojos siempre los tenía húmedos, como algo untados, y le quedaban bonitos. La nariz no era ni muy ancha ni muy estrecha, ni se volvía para arriba, que entonces no me hubiese gustado nada. Los carrillos eran llenos, rosados en verano, encarnados en invierno, con una oreja a cada lado un poco separadas por la parte de arriba. Y tenía los labios siempre rojos y eran gorditos; el de abajo salía hacia fuera. Cuando hablaba o se reía se le veía la cadenita de los dientes, muy metidos en cada agujero de la encía. Tenía el cuello sin nervios. Y en la nariz, que ya he dicho que no era ni demasiado ancha ni demasiado estrecha, tenía, en cada ventana, una madejita de pelos para parar el frío y las polvaredas. Sólo detrás de las piernas, más bien delgadas, las venas se le hinchaban como culebras. Todo el cuerpo era largo y redondo donde tenía que ser redondo. La tabla del pecho alta, las caderas estrechas. El pie largo y delgado, con la planta un poco aplanada, y si andaba descalzo pisaba de talón. Estaba bastante bien hecho y se lo dije, y se volvió poco a poco, y me preguntó, ¿tú crees?

En mi rincón, yo sentía un miedo muy grande. Y cuando él ya estaba dentro de la cama, para darme ejemplo, como dijo, me empecé a desnudar. Siempre había tenido miedo de que llegase aquel momento. Me habían dicho que se llega a él por un camino de flores y que se sale por un camino de lágrimas. Y que te llevan al engaño con alegría... Porque de pequeña había oído decir que te partían. Y yo siempre había tenido mucho miedo de morir partida. Las mujeres, decían, mueren partidas... El trabajo ya empieza cuando se casan. Y si no se han partido bien, la comadrona las acaba de partir con un cuchillo y con un cristal de botella y ya se quedan así para siempre, o abiertas o cosidas, y por eso las casadas se cansan antes cuando tienen que estar un rato de pie. Y los señores que lo saben, cuando el tranvía va demasiado lleno y hay algunas que tienen que estar de pie, se levantan para que se sienten, y los que no lo saben se quedan sentados. Y cuando me eché a llorar el Quimet sacó la cabeza por encima del embozo de la sábana y me preguntó que qué me pasaba y le confesé la verdad: que tenía miedo a morir partida. Y se rió y dijo que sí, que había habido un caso, el caso de la reina Bustamante, que su marido, para no tener que molestarse, la hizo abrir por un caballo y de resultas se murió. Y venga reír y reír y reír. Por eso no le podía contar mi noche de bodas a la señora Enriqueta, porque el día que nos casamos, cuando llegamos al piso, el Quimet me hizo ir a buscar provisiones, echó la barra de la puerta e hizo durar la noche de bodas una semana. Pero lo que sí le conté a la señora Enriqueta fue el caso de la reina Bustamante, y dijo que sí, que era horroroso, pero que todavía era más horroroso lo que le hacía a ella su marido, al que ya hacía años que regaba la lluvia y que las malvas le florecían encima, que la ataba a la cama como crucificada porque ella siempre quería escaparse. Y cuando se ponía un poco terca queriendo saber de la noche de bodas, procuraba distraerla y una buena distracción fue la mecedora. Y la historia de la llave perdida.

IX

Una noche estuvimos dando vueltas por las calles con el
Cintet, después de salir del Monumental, hasta las dos.
Y cuando llegamos delante de casa y el Cintet ya se iba,
no pudimos entrar. La llave de la puerta de la calle había
desaparecido. El Quimet dijo que me la había dado a mí
para que la guardase en el portamonedas. El Cintet, que
había cenado en casa, dijo que le parecía que había visto
al Quimet cómo la descolgaba del clavo de detrás de la
puerta del piso, que era donde estaba siempre, y que el
Quimet se la había metido en el bolsillo. El Quimet se
miró en todos los bolsillos para ver si los tenía agujerea-
dos. Yo dije que a lo mejor creyó que la había cogido. El
Quimet dijo que a lo mejor había dicho al Cintet que
tenía que cogerse la llave de abajo y que el Cintet la pudo
haber cogido sin darse cuenta y ahora no se acordaba y
era él quien la había perdido. Después dijeron que quien
la había cogido era yo pero no podían decir cuándo la
había cogido ni si habían visto cómo la cogía. El Cintet
dijo, llamad al primer piso. El Quimet no quiso y tenía
razón. A los vecinos del primer piso mejor no tocarlos.

Por fin el Quimet dijo, suerte que tenemos el taller, vamos a buscar herramientas.

Se fueron los dos a buscar herramientas para abrir la puerta. Yo me quedé en la entrada para ver si venía el sereno, porque le habíamos llamado dando palmas en la primera esquina y no había venido ni se le veía por ninguna parte. Cansada de estar de pie me senté en el suelo, en el escalón de la entrada; con la cabeza apoyada contra la puerta, miré el trozo de cielo que se veía entre las casas. Hacía un poco de viento, sólo un poco, y el cielo estaba muy oscuro y con nubes que corrían. Tenía que hacer un esfuerzo para no cerrar los ojos. Me vencía el sueño. Y la noche, el poco de viento y aquellas nubes que pasaban muy deprisa todas hacia el mismo lado, me adormecían, y pensaba lo que dirían el Quimet y el Cintet si, al volver, me encontraban hecha un tronco al pie de la puerta y tan dormida que no podría ni subir arriba... Lejos, oí los pasos que ya se acercaban sobre el empedrado.

El Quimet, con una barrena, hizo un agujero en la puerta, por encima de la cerradura. El Cintet no paraba de decir que no era legal y el Quimet le iba diciendo que ya taparía el agujero, pero que él tenía que entrar en su casa. Y cuando tuvo el agujero hecho y la madera de la puerta atravesada de parte a parte, hizo un gancho con un alambre, pescó la cuerda –la puerta se abría desde arriba tirando con una cuerda– y pudo abrir en el momento en que el sereno daba vuelta a la esquina. Nos metimos dentro enseguida y el Cintet echó a correr. Cuando entramos en el piso lo primero que vimos fue la llave colgada detrás de la puerta. Al día siguiente, el Quimet tapó el agujero con un pedazo de corcho y si alguno llegó a darse cuenta, nadie dijo nada. Entonces, no habíais perdido la llave, dijo la señora Enriqueta. Y yo le decía, mientras pensábamos que la habíamos perdido era lo mismo que si la hubiésemos perdido.

Y llegó la fiesta mayor. El Quimet había dicho que bailaríamos en la plaza del Diamante y que bailaríamos el ramo... Pasamos la fiesta mayor encerrados en casa y el Quimet furioso porque había hecho una restauración que le había dado mucho trabajo, y el señor que se la había encargado le había salido judío y le había regateado y el Quimet, por quitárselo de encima, le había cobrado de menos. Y el malhumor lo pagaba yo. Y cuando estaba de mal humor salía aquello de, Colometa, no seas pasmada, Colometa, has hecho una tontería, Colometa, vete, Colometa, ven. Tan tranquila, tú tan tranquila... Y andaba de un lado a otro, como si le hubiesen enjaulado. Y venga a abrirme todos los cajones y a tirarme al suelo lo que había dentro y cuando le preguntaba que qué buscaba no decía nada. Estaba furioso porque yo no estaba furiosa con el señor que le había regateado. Y como no me quería enfurecer, le dejé solo. Me peiné y cuando abría la puerta para irme y le dije que iba a buscar refrescos porque con la bulla que había armado me había dado sed, dejó de hacer el loco. Toda la calle estaba llena de alegría y pasaron chicas guapas con vestidos muy bonitos y en un balcón me tiraron una lluvia de papelitos de todos colores y yo me metí unos cuantos muy adentro del pelo para que se quedasen allí. Volví con dos refrescos; el Quimet estaba medio dormido sentado en su silla. Las calles locas de alegría y yo venga a recoger ropa por el suelo y venga a doblarla y a volverla a guardar. Y por la tarde a casa de su madre de visita.

—¿Os vais llevando bien?

—Sí, señora.

Cuando salíamos y mientras hacía arrancar la moto de un talonazo el Quimet me preguntó, ¿qué decíais cuando hablabais bajito?

Le dije que le había contado a su madre que tenía mucho trabajo y me dijo que había hecho mal porque su madre era una derrochadora y ya hacía tiempo que le quería hacer comprar un escobón y una tela nueva de colchón gris y blanca. Y un día la madre del Quimet me contó que era un terco y que, cuando era pequeño, ya la traía loca. Que cuando le mandaba que hiciese algo y él no quería hacerlo, se sentaba en el suelo y no se levantaba hasta que le daba una tunda a puñetazos en la cabeza.

Y fue una mañana de domingo cuando el Quimet empezó a quejarse de la pierna. Decía que la pierna le dolía cuando dormía, como si tuviese un fuego en el tuétano del hueso, y, a veces, entre el hueso y la carne, pero que, cuando lo tenía en el tuétano del hueso, no lo tenía entre el hueso y la carne. En cuanto he puesto los pies en el suelo, se me ha quitado en seco.

—¿Qué hueso?

—¿Hueso? ¡Los huesos! Un poco el hueso de la pierna y un poco el hueso de la cadera, pero en la rodilla nada. —Dijo que a lo mejor era reuma. La señora Enriqueta dijo que no se lo creía, que sólo lo hacía para que estuviera pendiente de él. Todo el invierno se quejó de la pierna. Y por la mañana me contaba muy bien contado, en cuanto abría los ojos y mientras almorzaba, todo lo que la pierna le había dolido por la noche. Su madre dijo, la Colometa tendría que ponerte paños calientes. Y él dijo que no quería que le mareasen que ya tenía bastante con su dolor. Así que le veía entrar, lo mismo al mediodía que por la noche, le preguntaba que cómo iba la pierna, y él decía que de día no sentía nada.

Se echaba en la cama. Se dejaba caer como un saco y yo, siempre con el alma en vilo, pensando que reventaría los muelles. Quería que le descalzara y que le pusiera las zapatillas, de cuadritos, de dos colores, café con leche. Después de haber reposado un rato, venía a cenar. Antes de dormirse quería que le hiciera friegas de alcohol por todo el cuerpo, para el dolor, decía. En todo el cuerpo, porque decía que el dolor era muy listo y que se pondría más arriba o más abajo si dejaba algún trozo sin frotar.

Yo le contaba a todo el mundo que sólo le dolía por la noche, y todo el mundo me decía que era muy raro. Y la tendera de abajo también lo encontraba raro. ¿Qué, todavía no le deja dormir la pierna? ¿Y la pierna de su marido? Bien, gracias. Sólo le duele por la noche. ¿Todavía le duele la pierna?, preguntaba su madre.

Un día, en la rambla de las Flores, en medio de un torbellino de olores y de colores, sentí una voz detrás de mí:

—Natalia...

Creí que no era a mí, de tan acostumbrada como estaba a oír sólo, Colometa, Colometa. Era mi primer novio, el Pere. El novio que había dejado. No me atreví a preguntarle si se había casado o si tenía novia. Nos dimos la mano y el labio de abajo le temblaba un poco. Me dijo que se había quedado solo en el mundo. Hasta entonces no me había dado cuenta de que llevaba una franja negra en el brazo. Y me miró como uno que se estuviese ahogando entre la gente, entre las flores, entre tantas tiendas. Me dijo que un día había encontrado a la Julieta y que la Julieta le había dicho que yo me había casado y que en cuanto se lo dijo pensó que me deseaba mucha suerte. Bajé la cabeza porque no sabía qué hacer ni qué decir, y pensé que tenía que estrujar la tristeza, hacerla pequeña enseguida para que no me vuelva, para que no esté ni un minuto más corriéndome por las venas y rondándome. Hacer con ella una pelota, una bolita, un perdigón. Tragármela. Y, como era bastante más alto que yo, mientras estaba con la cabeza un poco agachada sentía pesarme todo el mal que el Pere llevaba, por encima de mi pelo, y me parecía que él me veía toda por dentro con todas mis cosas y con mi pena. Y menos mal que estaban allí las flores.

A mediodía, en cuanto vi entrar al Quimet, lo primero que le dije fue que había encontrado al Pere.

—¿Pere?... Hizo una cosa con la boca. No sé quién dices.

—Aquel muchacho que dejé para casarme contigo.

—¿No has hablado con él?

Le dije que nos habíamos preguntado cómo estábamos y me dijo que tendría que haber hecho ver que no le conocía. Y le dije que el Pere, a mí, me había reconocido con mucho trabajo, que así me lo había dicho, que antes de llamarme me había tenido que mirar y mirar, porque estaba muy delgada.

—Que se preocupe de lo suyo.

Y no le dije que cuando había bajado del tranvía había ido a mirar las muñecas en el escaparate de la casa de los hules y que por eso la comida estaba retrasada.

X

La madre de Quimet me hizo una cruz en la frente y no
quiso que le secase los platos. Yo estaba así, en estado. En
cuanto lavó los platos cerró la cocina y fuimos a sentarnos
a la galería que estaba cubierta de parra por un lado y con
lágrimas de San José en el otro lado y el Quimet dijo que
tenía sueño y nos dejó solas; fue entonces cuando la madre
del Quimet me contó lo que le habían hecho el Quimet
y el Cintet cuando eran pequeños, un jueves por la tarde,
porque el Cintet siempre pasaba los jueves en casa de ellos.
Me dijo que ella había plantado jacintos, tres docenas de
jacintos, y que cada mañana así que se levantaba iba a ver
cuánto habían crecido. Dijo que los jacintos salían poco a
poco de los bulbos como para hacerse desear y que por
fin la vara se cubrió de capullitos puestos como en procesión. Que por los capullitos ya se podía adivinar el color que
tendrían las flores. Más que de ningún otro color los había
de color de rosa. Y un jueves por la tarde los dos chiquillos
jugaban en el jardín y, cuando ella salió para darles de merendar, enseguida vio que todos los jacintos estaban plantados
al revés: los bulbos con los cuatro pelitos de las raíces por el

aire; y los capullos, las hojas y la vara enterrados en el suelo. Dijo que sólo les dijo una palabra, aunque ella no había sido nunca una persona que dijera palabras feas. Y no me quiso decir la palabra que les había dicho. Y dijo, los chicos hacen sufrir mucho. Si tienes un niño, cuidado.

Mi padre, cuando supo que yo estaba así, porque el Quimet se lo había dicho, vino a verme y dijo que, lo mismo si era varón que si era hembra, su apellido estaba acabado. La señora Enriqueta me preguntaba siempre si tenía antojos.

—Si tienes antojos no te toques, y, si te tocas, tócate el trasero.

Me contaba cosas muy feas de los antojos: de los antojos de uvas pasas, de cerezas, de hígado..., el antojo más malo de todos era el de cabeza de cabrito. Ella había conocido a una señora que se le había antojado cabeza de cabrito. Y ese antojo de cabeza de cabrito de la señora, la señora Enriqueta lo había visto después en el carrillo del hijo de aquella señora, con la sombra del ojo y la sombra de la oreja, en pequeño. Y después me dijo que las personas se formaban dentro de agua, antes que nada el corazón, y después, poco a poco los nervios y las venas y después los huesos de rodete. Y decía que tenemos los huesos del espinazo, rodete y ternilla, rodete y ternilla, porque si no no cabríamos dentro del vientre, para poder estar allí enrollados. Que si el vientre fuera más largo podríamos estar tiesos en él y en el espinazo tendríamos un hueso como un mango de escoba. Y ni de pequeños nos podríamos doblar.

En el verano dijo la comadrona que me convendría mucho aire libre y baños de mar. Cogimos la moto y a la playa. Lo llevábamos todo preparado: comida y ropa. Una toalla a rayas amarillas, azules y negras hacía de cortina. El Quimet la extendía todo a lo ancho con los brazos abiertos para que yo me desnudase detrás. Se reía de mí, porque se ve que yo hacía reír, con un vientre que no era el mío. Miraba las olas que venían y se iban, siempre igual, siempre igual... Todas con ganas de llegar y con ganas de volverse a ir. Sentada de cara al mar, a veces gris, a veces verde, y casi siempre azul, aquel cielo de agua que se movía y vivía, de agua que hablaba, me quitaba los pensamientos y me dejaba vacía. Y el Quimet, si me veía demasiado rato callada me preguntaba, ¿qué, cómo va la vida?

Pero el colmo era al volver, haciendo eses por la carretera, cuando, pobre de mí, el alma que me temblaba dentro del corazón se me subía entera hasta la boca. Y el Quimet decía que el niño, acostumbrado como estaba a la moto mientras se iba formando, ganaría carreras de mayor, él no sabe que va en moto, pero lo siente y se acordará. Y una vez nos encontramos a no sé quién y yo habría querido que me tragara la tierra de vergüenza, porque dijo: ya la tengo llenita.

Su madre me regaló corpiños de cuando el Quimet era pequeño y la señora Enriqueta me regaló vendas para el ombligo que era algo que yo no acababa de entender. En el cuello de los corpiños había cintitas pasadas por los agujeros del entredós, uno sí, otro no. Parecían hechos para que los llevase una niña. Mi padre dijo que, aunque su nombre se había perdido, quería que si era un niño se llamara Luis y si era una niña Margarita, como la bisabuela materna. El Quimet dijo que, padrino o no padrino, sería él quien escogería el nombre de su hijo o hija. Por las noches, cuando se iba a dormir, porque siempre hacía los planos encima de la

mesa y tardaba, si yo estaba dormida encendía la luz y hacía
todo lo que podía para que me despertase.

—¿Ya le sientes?

Y cuando venían el Cintet y el Mateu les decía, ¡será
un chaval como una casa!

Yo no sé lo que parecía, redonda como una bola, con
los pies debajo y la cabeza encima. Un domingo la madre
del Quimet me enseñó una cosa muy rara, como una raíz
muy seca toda apelotonada y me dijo que era una rosa de
Jericó que tenía guardada desde cuando había tenido al Quimet; cuando llegase el momento, la pondría en agua y cuando la rosa de Jericó se abriese dentro del agua también me
abriría yo.

Y me entró la manía de limpiar. Siempre había sido
muy limpia, pero me entró la manía de limpiar. Todo el
día estaba fregando y quitando el polvo y en cuanto tenía
el polvo quitado lo volvía a quitar. Pasaba horas y horas
limpiando un grifo y si después de acabar veía en él una
sombra volvía a empezar y me quedaba como emboba-
da con el brillo. El Quimet quería que cada semana le
planchara los pantalones. Yo no había planchado nunca y
la primera vez no sabía ni cómo ponerme. Me quedaron
con doble raya en la culera, de la mitad para arriba, a pesar
de que había tenido mucho cuidado. Dormía mal y todo
me estorbaba. Cuando me despertaba me ponía las manos
muy abiertas delante de los ojos y las movía para ver si
eran mías y si yo era yo. Cuando me levantaba tenía los
huesos molidos. Y el Quimet empezó, con una gran furia,
a quejarse de la pierna. La señora Enriqueta dijo que la
enfermedad del Quimet se llamaba tuberculosis de los

64

huesos y que necesitaba azufre. Y cuando se lo conté al Quimet me dijo que no quería reventar por culpa de la señora Enriqueta. Y cuando ya le había preparado una cucharadita de miel con flor de azufre, dijo que la miel le haría daño en las muelas y todo el día se lo pasó hablando de aquel sueño de muelas que había tenido, que se las había estado tocando una a una con la punta de la lengua, y que cada muela que tocaba con la punta de la lengua se le soltaba de la encía y le rodaba por la boca como una piedrecita. Y que se había quedado con la boca llena de piedrecitas y que no las podía escupir porque tenía los labios cosidos, y que después del sueño siempre le parecía que las muelas le bailaban y que era un sueño que anunciaba muerte. Y que las muelas le dolían. La tendera de abajo me dijo que le hiciera enjuagarse con agua de adormideras, porque la adormidera adormece, y el agua de adormidera le aliviaría el mal, pero la señora Enriqueta me dijo que podía ser que las adormideras aliviasen el mal, pero que el dolor se despertaba después. Lo que necesitaba el Quimet eran unas buenas tenazas de dentista y menos zarandajas.

Y mientras estábamos con todo eso de las muelas y las piedrecitas y el sueño de muerte, un ataque de urticaria me hacía volver loca. Por las noches salíamos a pasear hasta los Jardinets porque tenía que hacer ejercicio. Se me hinchaban las manos, se me hinchaban los tobillos y ya sólo faltaba que me atasen un hilo a la pierna y que me echasen a volar. En la azotea, rodeada de viento y de azul, tendiendo la ropa, o sentada cosiendo, o yendo de acá para allá, era como si me hubieran vaciado de mí misma para llenarme de una cosa muy rara. Algo muy oculto se divertía soplándome por la boca y jugaba a hincharme. Sentada en la azotea, sola con la tarde y rodeada de barandillas, de viento y de azul, me miraba los pies y mientras me miraba los pies sin acabar de entenderlo, me quejé por primera vez.

XI

Y el primer grito me ensordeció. Nunca hubiera creído que mi voz pudiera ser tan alta y durar tanto. Y que todo aquel sufrir se me saliese en gritos por la boca y en criatura por abajo. El Quimet iba pasillo arriba y pasillo abajo rezando un padrenuestro tras otro. Y una vez que la comadrona salió a buscar agua caliente, le dijo, y tenía la cara amarilla y verde, que la culpa era de él por no haber sabido parar a tiempo...

Su madre, cuando veía que yo tenía un momento de descanso, se acercaba, si vieras cómo sufre el Quimet... La comadrona pasó una toalla por entre las columnas de la cama y me la hizo coger de cada punta para que pudiera hacer más fuerza. Y cuando todo estaba a punto de acabar se rompió una columna de la cama y sentí una voz que decía, y de tan fuera de mí que estaba no pude saber de quién era la voz, ha estado a punto de ahogarlo.

Así que pude respirar sentí un llanto y la comadrona tenía cogida por los pies a una criatura como un animalito, que ya era mía, y le daba azotes en las nalgas con la mano plana y la rosa de Jericó estaba toda abierta encima de la mesita de noche. Pasé la mano como soñando por una flor de la colcha de ganchillo y estiré una hoja. Y me dijeron que no se había acabado, que todavía tenía que echar la casa del niño. Y no me dejaron dormir, aunque se me cerraban los ojos... No pude criar. Tenía un pecho pequeño y liso como siempre y el otro lleno de leche. El Quimet dijo que ya se imaginaba él que le saldría con una broma. El niño, había sido un niño, pesaba al nacer cerca de cuatro kilos; al cabo de un mes de haber nacido pesaba dos y medio. Se nos derrite, decía el Quimet. Se nos derretía como un terrón de azúcar en un vaso de agua. Cuando sólo pese medio kilo se nos morirá, ahora que ya le teníamos... La primera vez que la señora Enriqueta vino a verle ya sabía la historia por la tendera de abajo. ¿Dicen que estuviste a punto de ahogarlo? El Quimet estaba muy preocupado y gruñía, el trabajo es para mí, tengo que hacer una columna nueva, porque del modo que la rompió no puede encolarse. El niño lloraba por las noches. En cuanto oscurecía se ponía a llorar. La madre del Quimet decía que lloraba porque le daba miedo la oscuridad y el Quimet decía que el niño no sabía lo que era la oscuridad ni lo que era el día. Ni el chupete, ni el biberón que no chupaba, ni pasearle, ni cantarle, ni hacerle carantoñas, podían hacerle callar. El Quimet acabó perdiendo la paciencia y se le subió la sangre a la cabeza. Y decía que aquella vida era una vida que no se podía vivir y que no podía durar de ninguna de las maneras porque si duraba demasiado el que se moriría sería él. Puso al niño y la cuna en el cuarto oscuro y cuando nos íbamos a dormir cerrábamos la puerta. Los vecinos de abajo debían de oírle llorar y empezó a decirse que éramos unos malos padres. Le daba leche y no la quería. Le daba agua y no la quería. Le daba zumo de naranja y lo escupía. Le mudaba, y a llorar. Le bañaba, y a llorar. Era nervioso. Y se iba volviendo como una mona con las piernas como palillos. Cuando estaba desnudo lloraba más fuerte que cuando estaba vestido y movía los dedos de los pies como si fuesen los dedos de las manos y yo temía que reventase. De que se abriese por el ombligo. Porque todavía no se le había caído pero se ve que se le tenía que caer. El primer día que le vi tal como lo había hecho, cuando la comadrona me enseñó cómo tenía que cogerlo para bañarle, me dijo al meterlo en la palangana:

—Antes de nacer somos como peras: todos hemos estado colgados de esta cuerda.

Y me enseñó a sacarle de la cuna aguantándole la cabeza porque dijo que si no le aguantaba la cabeza, con los huesos tan tiernos, se le podía romper el cuello. Siempre me decía que el ombligo es la cosa más importante de la persona. Tan importante como el centro de la cabeza que es tan blando cuando todavía no se ha acabado de juntar. Y el niño cada día estaba más arrugado. Y cuanto más adelgazaba, más fuerte lloraba. Se veía bien claro que aquel niño estaba harto de vivir. La Julieta vino a verme y me trajo un pañuelo de seda para el cuello, blanco, con mariquitas desparramadas. Y una bolsa de bombones. Dijo que la gente sólo piensa en la criatura y que nadie se acuerda de la madre. Y dijo que aquel niño se moriría, que no nos preocupásemos más, que un niño, cuando no quiere mamar, es como si ya estuviese muerto... El pecho que tenía leche se me agrietó. La leche no quería irse. Yo siempre había oído decir que la leche es muy señora, pero nunca hubiera pensado que lo fuese tanto... Hasta que muy poco a poco el niño empezó a chupar el biberón, el pecho se me curó y la madre del Quimet vino a buscar la rosa de Jericó, que ya estaba cerrada, y se la llevó envuelta en papel de seda.

XII

La señora Enriqueta cogía en brazos al niño, que se llamaba Antoni, y gritaba, ¡la castaña!, ¡la castañita! Y el niño se reía y ella le acercaba para que viese las langostas y él ponía enseguida cara de preocupado. Y echaba saliva, brrrrrr... brrrrrr... El Quimet se quejaba otra vez de la pierna, que le dolía más que nunca, porque además de la quemazón que tan pronto tenía dentro del hueso, como fuera, le daban pinchazos en el costado contrario, cerca de la cintura. Tengo el nervio atacado, decía. Un día me dijo la señora Enriqueta que lo había encontrado rebosante de salud y muy sano y yo le dije que se pasaba las noches en blanco y martirizado.

–¿Y tú todavía te lo crees? Si tiene una rosa en cada carrillo y los ojos como el diamante.

La madre del Quimet se quedaba con el niño los lunes para que yo pudiese lavar lo más gordo de la colada. El Quimet me decía que no le gustaba nada que su madre se quedase con el niño porque la conocía, y que un día, haciendo y deshaciendo lazos, dejaría al niño encima de la mesa y se le caería al suelo como ya le había pasado a él antes de cumplir el año. Muchas tardes me iba a mirar las muñecas con el niño en brazos: estaban allí, con los mofletes redondos, con los ojos de vidrio hundidos, y más abajo la naricita y la boca, medio abierta; siempre riéndose y como encantadas; y arriba de todo la frente, con una raya de pelos brillantes de la goma seca con que estaban pegados. Las unas estaban dentro de cajas tumbadas, con los ojos cerrados y los brazos quietos al lado del cuerpo. Las otras dentro de cajas puestas de pie, con los ojos abiertos, y también estaban las más pobres, las que tanto si estaban tumbadas como de pie siempre miraban. Vestidas de azul, de rosa, con puntilla rizada alrededor del cuello, con lazos en la cintura caída, con los bajos de tarlatana ahuecada. Los zapatos de charol brillaban a la luz; los calcetines eran blancos, bien estiraditos, las rodillas pintadas de un color de carne más fuerte que el color de la pierna. Siempre allí, tan bonitas dentro del escaparate, esperando que las comprasen y se las llevasen. Las muñecas siempre allí, con la cara de porcelana y la carne de pasta, al lado de los zorros para el polvo, de los sacudidores, de las gamuzas de piel y de las gamuzas imitación de piel: todo en la casa de los hules.

Me acuerdo de la paloma y del embudo, porque el Quimet compró el embudo antes de haber venido la paloma. A la paloma la vi una mañana cuando abría los postigos del comedor. Tenía un ala herida, estaba medio amortecida y había dejado gotas de sangre por el suelo. Era jovencita. La curé y el Quimet dijo que la guardaríamos, que le haría una jaula en la galería, para que pudiéramos verla desde el comedor: una jaula que sería una casa de señores, con balcón corrido, tejado encarnado y puerta con llamador. Y que aquella paloma sería la alegría del niño. Unos cuantos días la tuvimos atada por una pata a la barandilla de hierro de la galería. Vino el Cintet y dijo que tendríamos que dejarla irse, que debía de ser de algún vecino cercano, porque, si no, no habría podido volar hasta la galería con una ala llena de sangre. Subimos a la azotea para mirar todo alrededor, como si no hubiésemos mirado nunca, y no vimos ni un palomar. El Cintet, con la boca torcida, decía que no lo entendía. El Mateu dijo que sería mejor que la matásemos, que más le valía morir que vivir atada y presa. El Quimet, entonces, la sacó de la galería y la puso en la buhardilla de la azotea y dijo que haría otra cosa, que en lugar de hacerle una casa de señores, le haría un palomar, y que el padre de su aprendiz, que criaba palomas, nos vendería una paloma a prueba para ver si emparejaba con la nuestra.

El aprendiz vino con un cesto y una paloma dentro. Hasta la tercera paloma no se emparejaron. A la paloma encontrada la pusimos *Café*, porque tenía un lunar de ese color debajo de una ala: a su señora la pusimos *Maringa*. *Café* y *Maringa*, encerrados en la buhardilla de la azotea, no tenían crías. Ponían huevos, pero no tenían crías. La señora Enriqueta decía que el macho era malo y que lo podíamos tirar. Quién sabe de dónde vendrá, decía. Y decía que a lo mejor era una mensajera que habían alimentado con cosas raras para que la excitasen y le hiciesen volar más alto. El Quimet, cuando yo le contaba lo que decía la señora Enriqueta, decía que mejor sería que se preocupase de sus cosas, que ya tenía bastante trabajo con asar castañas. La madre del Quimet dijo que si hacíamos un palomar, no sabíamos los dineros que aquello nos iba a costar. No sé quién nos aconsejó que cogiésemos ortigas, que las hiciése-

mos secar en paquetes colgados del techo y que, bien pica-
das, las mezclásemos con pan mojado y se las diésemos a las
palomas; que eso les daría una gran fuerza y pondrían huevos con paloma dentro. La señora Enriqueta me contó que
había conocido a una señora italiana que se llamaba Flora
Caravella, que había hecho de la vida, y que cuando fue
mayor y madura puso una casa con unas cuantas Floras Cara-
vellas y con palomas en el terrado para distraerse. Y les daba
ortigas. Y que sí, que la madre del Quimet tenía razón al
hacerles comer ortigas, y cuando le dije que aquello de las
ortigas no me lo había dicho la madre del Quimet dijo, es
igual, sea quien fuere el que os lo haya dicho tiene razón
al hacerles comer ortigas. Y la paloma herida y el embudo
fueron dos cosas que entraron casi juntas en casa, porque el
día antes de la paloma, Quimet compró el embudo para
pasar el vino de la garrafa a la botella, todo blanco, con un
orillo azul marino y dijo que tuviese cuidado porque, si tenía
la desgracia de que se me cayera al suelo, se desconcharía.

XIII

Hicimos el palomar. El día que el Quimet había escogido para empezarlo se puso a llover a cántaros. Instaló la carpintería en el comedor. En el comedor se serraban los palos, se preparaba todo; la puerta, acabada de arriba abajo, subió del comedor a la azotea con pestillo y todo. El Cintet venía y ayudaba y el primer domingo que hizo bueno todos estábamos en la azotea viendo cómo el Mateu hacía una ventana en la buhardilla, con un antepecho ancho para que las palomas, antes de echarse a volar, pudieran estarse un rato posadas pensando a dónde irían. Me vaciaron la buhardilla de todo lo que yo tenía allí: el cesto de la ropa, las sillas medianas, el canasto de la ropa sucia, el cestillo de las pinzas...

—A la Colometa la estamos echando de casa.

Me prometieron que, más adelante, me harían un sotechado para poner mis cosas, pero de momento lo tuve que bajar todo al piso, y si quería ir al terrado a sentarme un rato tenía que subir con la silla. Dijeron que, antes de dejar salir a las palomas del palomar, tenían que pintarlo. El uno lo quería verde, el otro lo quería azul, el otro de color de chocolate. Lo pintaron de azul y el pintor fui yo. Porque cuando el palomar estaba acabado el Quimet siempre tenía trabajo los domingos y me dijo que, si tardábamos mucho en pintar el palomar, la lluvia estropearía la madera. Con el Antoni dormido o llorando por el suelo, yo venga a pintar. Tres capas. Y el día que la pintura se secó subieron todos a la azotea y dejaron salir a las palomas a pasear por el palomar. Primero salió la blanca, con los ojitos colorados y las patas coloradas con uñas negras. Después salió el negro, negro de patas y gris de ojos, con el gris de los ojos rodeado de una rayita amarilla que hacía cerco. Tanto el uno como el otro pasaron un buen rato mirando a todos lados antes de bajar. Agacharon y levantaron la cabeza unas cuantas veces, y parecía que iban a bajar pero todavía se lo pensaron un buen rato. Y por fin, con un aleteo, echaron a volar; el uno fue a parar al lado del bebedero y el otro al lado del comedero. Y la hembra, como una señora de luto, meneó la cabeza y las plumas del cuello como si se ahuecase y el macho se acercó, abrió la cola y venga a hacer la rueda, dale que dale. Y venga a arrullarse. Y el Quimet fue el primero que habló, porque todos callábamos, y dijo que las palomas eran felices.

Dijo que, en cuanto supieran entrar por la ventana y sólo por la ventana, les abriría la puerta y así podrían salir por dos lados, pero que si les abría la puerta antes de que se acostumbrasen a salir por la ventana, sólo saldrían por la puerta. Y entonces les puso ponederos nuevos, porque los ponederos que habían tenido hasta entonces eran unos ponederos que nos había prestado el padre del aprendiz. Y cuanto todo estaba listo el Quimet preguntó si había sobrado pintura azul y le dije que sí y me hizo pintar la barandilla de la galería. Al cabo de una semana trajo otra pareja de palomas muy raras, con una especie de capuchón que les dejaba sin cuello y dijo que eran palomas monjas. Y les puso el *Fraile* y la *Monja*. Enseguida se pelearon con las antiguas que no querían gente nueva y que eran las amas del palomar, pero las monjas, poco a poco, haciendo como que no estaban, conformándose con pasar un poco de hambre y con recibir algún aletazo, viviendo por los rincones, consiguieron por fin que las antiguas se acostumbrasen a ellas y se hicieron las amas. Hacían lo que querían y si no podían hacerlo atacaban a las otras con la capucha abierta. Y al cabo de quince días el Quimet vino con otra pareja de palomas con cola de pavo real, muy presumidas: todo el día con el pecho fuera y las plumas abiertas, y esta vez, cuando las antiguas pusieron huevos, todo marchó bien.

XIV

Mercado /
Merat

El olor a carne, a pescado, a flores y a verduras se mezclaba,
y aunque no hubiese tenido ojos me habría dado cuenta
enseguida de que me acercaba al mercado. Salía de mi calle,
y cruzaba la calle Mayor, con tranvías arriba y abajo, amarillos, con campanilla. El conductor y el cobrador llevaban
unos uniformes rayados con rayas finas y que en conjunto
parecían grises. El sol venía por completo del lado del paseo
de Gracia y, ¡plaf!, por entre las filas de casas caía encima del
empedrado, encima de la gente, encima de las losas de los
balcones. Los barrenderos barrían, despacio, con grandes
escobas de ramitas de brezo, como si estuviesen hechos de
pasta encantada: barrían las cunetas y las regueras. Y me iba
metiendo en el olor del mercado y en los gritos del mercado para acabar dentro de los empujones, en un río espeso
de mujeres y de cestos. Mi mejillonera, con manguitos azules y delantal con pechera, llenaba medidas y más medidas
de mejillones y almejas, ya lavados con agua dulce pero que
todavía tenían encerrado dentro, y lo esparcían, olor de mar.
El pasadizo de las triperas olía a muerto. Los despojos de los
animales sangraban encima de hojas de col: los pies de cor-

dero, las cabezas de cordero con el ojo de cristal, los corazones partidos, con un canal en medio atascado por un cuajarón negro... De los ganchos colgaban los hígados húmedos y las tripas hervidas y las cabezas de ternera hervidas y todas las triperas tenían la cara blanca, de cera, de tanto estar cerca de aquellos manjares sin sabor, de tanto soplar las asaduras de color de rosa, vueltas de espalda a la gente como si cometieran un pecado... Mi pescadera, con dientes de oro y riéndose, pesaba palangres y en cada escama estaba, tan pequeña que casi no se veía, la bombilla que colgaba encima del cesto de pescado. Los mújoles, los milanos, las lubinas, las escorpinas de cabeza gorda que parecían acabadas de pintar con sus espinas en la raya del lomo como los pinchos de una gran flor..., todo salía de aquellas oleadas que a mí me dejaban vacía cuando me ponía delante, a coletazos y con los ojos fuera de la cabeza. Las escarolas me las guardaba mi verdulera, vieja, delgada y siempre de negro, que tenía dos hijos que le cuidaban el huerto...

Y todo iba así, con pequeños quebraderos de cabeza, hasta que vino la república y el Quimet se entusiasmó y andaba por las calles gritando y haciendo ondear una bandera que nunca pude saber de dónde había sacado. Todavía me acuerdo de aquel aire fresco, un aire, cada vez que me acuerdo, que no lo he podido sentir nunca más. Mezclado con olor de hoja tierna y con olor de capullo, un aire que se marchó y todos los que después vinieron no fueron como el aire aquel de aquel día que hizo un tajo en mi vida, porque fue en abril y con flores cerradas cuando mis quebraderos de cabeza pequeños se volvieron quebraderos de cabeza grandes.

cambis

—Han tenido que hacer las maletas... y, con las maletas, ¡fuera!... —decía el Cintet, y decía que el rey dormía cada noche con tres artistas diferentes y que la reina, para salir a la calle, se ponía cara postiza. Y el Quimet decía que todavía no se sabía todo.

El Cintet y el Mateu venían a menudo y el Mateu cada día estaba más enamorado de la Griselda y decía, cuando estoy con la Griselda se me encoge el corazón... y el Quimet y el Cintet le decían que estaba mal de la cabeza porque el amor le debilitaba y él venga a hablar de su Griselda y era verdad que no sabía hablar de nada más y se iba volviendo como tonto, con lo que yo le apreciaba. Y decía que el primer día de casado el que no se podía aguantar de emoción había sido él porque decía que los hombres son más sensibles que las mujeres y que por poco se desmaya en el momento de quedarse solos. Y el Quimet, columpiándose un poco en su silla, se reía por debajo de la nariz y él y el Cintet le aconsejaban que hiciese un poco de deporte porque con el cuerpo cansado la cabeza no le trabajaría tanto, porque si se pasaba los días pensando en la misma cosa, acabaría dentro de una camisa con las mangas muy largas, atadas a la espalda con un nudo marinero. Y hablaban del deporte que le convendría y él decía que hacer de maestro de obras y correr de un lado para otro vigilando el trabajo ya era bastante ejercicio y que, si además le tenían que hacer cansarse jugando al fútbol, por ejemplo, o yendo a nadar al Astillero, acabaría sin poder contentar a su Griselda y que ella se buscaría otro que la atendiese más. Discutían mucho sobre eso, pero si el Mateu venía con la Griselda se sentían cohibidos y no le podían dar consejos. Hasta que acababan hablando de la república, de las palomas y de las crías. Porque el Quimet, en cuanto veía que la conversación se cortaba, les llevaba a la azotea y les explicaba la vida de las palomas y les enseñaba las que eran pareja: les decía que había unos cuantos que robaban la señora a los otros y otros que siempre tenían la misma señora y que si las crías salían bien es porque les hacía beber agua con azufre. Y pasaban horas hablando de si el *Pachulí* preparaba el ponedero a la *Tigrada* y que si la primera paloma, la del balcón y la sangre, con los ojitos rojos y las uñas negras, la que nosotros llamábamos *Café*, había tenido los primeros hijos todos cubiertos de lunares oscuros y con las patas grises. El Quimet decía que las palomas eran como las personas con la diferencia de que las palomas ponían huevos y podían volar e iban vestidas de pluma, pero que a la hora de hacer hijos y de tener que alimentarlos, eran lo mismo. El Mateu decía que a él no le gustaban los animales y que él nunca comería pichones criados en su casa porque le parecía que matar un pichón nacido en casa era como matar a alguien de la familia. Y el Quimet con un dedo le pinchaba en la raya de la cintura y le decía, ya verías si tuvieses hambre...

Y si las palomas salieron del palomar y si las dejamos volar fue por culpa del Cintet, porque dijo que las palomas tenían que volar, que no estaban hechas para vivir entre rejas, sino para vivir entre el azul. Y les abrió la puerta de par en par y el Quimet, con las manos en la cabeza, parecía que se había quedado de piedra, no las veremos nunca más.

Las palomas, muy desconfiadas, fueron saliendo del palomar, unas detrás de otras, con mucho miedo de que fuese una trampa. Había algunas que, antes de volar, subían a la barandilla y echaban una ojeada. Les pasaba que no estaban acostumbradas a la libertad y tardaban en meterse en ella. Y sólo echaron a volar tres o cuatro. Y el Quimet, cuando vio que las palomas volaban por encima del tejado y nada más que por encima del tejado, perdió la amarillez de la cara y dijo que todo iba bien. Las palomas, cuando estuvieron cansadas de volar, fueron bajando ahora una y luego otra, y se metieron en el palomar como viejas en misa, con pasos menuditos y con la cabeza adelante y atrás como maquinitas bien engrasadas. Y desde aquel día no pude tender la ropa en la azotea porque las palomas me la manchaban. La tenía que tender en el balcón. Y gracias.

XV

El Quimet dijo que el niño necesitaba aire y carretera: menos
azotea y menos balcón y menos jardincito de la abuela. Hizo
una especie de cuna de madera y la ató a la moto. Cogía al
niño como si fuera un paquete, porque sólo tenía meses, y
lo ataba a la cuna y se llevaba un biberón. Cuando les veía
irse siempre pensaba que no iba a volver a verles. La señora Enriqueta me decía que el Quimet era poco expresivo
pero que estaba como loco con el chiquillo. Que lo que
hacía no se había visto nunca. Y yo, en cuanto se marcha-
ban, iba a abrir el balcón de la calle para poder oír antes
los mecs mecs de la moto cuando volvían. El Quimet sacaba al niño de la cuna, casi siempre dormido, subía los escalones de cuatro en cuatro y me lo daba, ten, está lleno de
salud y de aire. Dormirá sin parar ocho días seguidos.

Al cabo de un año y medio, justo al cabo de un año y
medio de haber tenido al niño, ¡la sorpresa! Otra vez. Tuve
un embarazo muy malo, siempre malucha como un perro.
El Quimet me pasaba a veces un dedo por debajo de los ojos
y decía, violetas..., violetas..., será una niña. Y a mí me dolía
aquella preocupación de verles irse con la moto y la señora

Enriqueta me decía que me tenía que dominar porque, si sufría demasiado, la criatura que se estaba haciendo se pondría al revés y me la tendrían que sacar con hierros. Y el Quimet venga a decir que a ver si rompía otra vez la columna, que si la volvía a romper la nueva que pusiera tendría una ánima de hierro dentro. Y decía que nadie se imaginaba las danzas que le estaba costando y que le costaría aquel dichoso baile de la plaza del Diamante. Violetas…, entre violeta y violeta, la naricita de la Colometa. Violetas…, violetas…

Fue niña y le pusimos Rita. Por poco me voy, porque la sangre me salía como un río y no me la podían cortar. El Antoni cogió celos de la niña y tenía que vigilarle mucho. Un día le encontré encaramado en un taburete, al lado de la cuna, metiendo una peonza en la garganta de la niña, y cuando llegué la niña ya estaba casi morada, con su cabecita de coco como una chinita… Pegué al Antoni por primera vez y al cabo de tres horas todavía lloraba y la niña también, los dos llenos de mocos y de porquería. Y el Antoni, mientras le pegaba, tan pequeño como era, pequeño como un tapón, me soltaba patadas en las piernas con toda su rabia y se cayó de culo. Nunca me había mirado nadie con tanta rabia como el niño cuando le pegaba. Y si cuando venían el Cintet y el Mateu con la Griselda y la niña, alguno de ellos decía que la Rita era muy mona, el niño se iba derecho a la cuna, se encaramaba como podía y la pegaba y le daba tirones de pelo. Sólo le faltaba eso a la chica de las palomas, decía la Griselda con la nena en la falda, tan guapa y que no sabía reír. La Griselda no se puede explicar: era blanca, con un puñadito de pecas en la parte de arriba de las mejillas. Y unos ojos tranquilos de color menta. Estrecha de cintura. Toda de seda. En el verano con un vestido de color cereza. Una muñeca. Hablaba poco. El Mateu la miraba, y, mirándola, se derretía..., tantos años que hace que estamos casados... y no lo parece... Y el Quimet decía, violetas. Mirad qué violetas... Colometa, violeta. Porque después de haber tenido la niña lo mismo que antes de tenerla, las ojeras se me habían puesto azules.

Para distraer al niño de sus celos de la Rita, le compró el Quimet un revólver con mucho níquel, con gatillo, ¡crac!, ¡crac!, y una porra de madera. Para asustar a la abuela, le decía, cuando venga la abuela, ¡garrotazo y disparamos!, y es que el Quimet estaba muy enfadado con su madre porque enseñaba a decir al niño que estaba mareadito y que no quería ir en moto. Y decía que su madre le hacía volverse como una niña, que ya era una manía antigua, y que a ver adónde irían a parar. Y el niño había aprendido a hacer el cojo porque oía al Quimet quejarse de la pierna. Había estado una temporada sin hablar de ello, pero cuando tuve a la Rita empezamos otra vez, esta noche me quemaba, ¿no me has oído quejarme? Y el niño a imitarle. Y el niño siempre me decía que le dolía la pierna los días que no tenía ganas de comer. Me tiraba el plato de sopa por el aire y, tieso como un juez, sentado en su trono, daba golpes con el tenedor si tardaba en llevarle los trocitos de hígado que era lo que comía mejor; cuando no tenía hambre, los tiraba. Y cuando venían a verme la señora Enriqueta o la madre del Quimet, se les plantaba delante con el revólver y las mataba. Y un día que la señora Enriqueta simuló que se había muerto, el niño se entusiasmó tanto que la mataba sin parar y tuvimos que encerrarle en el balcón para poder charlar.

XVI

Y entonces vino aquello. El Quimet tenía a veces como una especie de náusea. Y decía, tengo náuseas, y no hablaba de la pierna, sólo de las náuseas que tenía al cabo de un rato de haber comido; y eso que comía con muchas ganas. Y cuando se sentaba a la mesa, todo iba bien, y al cabo de diez minutos de haber acabado ya le empezaban las náuseas. El trabajo había bajado un poco en el taller y yo pensaba que a lo mejor decía que tenía náuseas para no decir que estaba preocupado porque el trabajo bajaba... Una mañana, cuando deshacía la cama, encontré, en el lado en que dormía Quimet, una especie de cinta como si fuese una tripa con los bordes ondulados. La envolví en un papel blanco de carta y cuando vino el Quimet se la enseñé y dijo que se la llevaría y que iría a la farmacia a enseñarla y dijo que, si era una tripa, estaba perdido. Por la tarde no me pude aguantar y con el niño y la niña fui al taller. El Quimet se enfadó y dijo que qué íbamos a hacer allí y dije que es que pasábamos, pero lo comprendió y mandó al aprendiz a comprar chocolate para los niños. En cuanto el aprendiz cerró la puerta de cristales dijo: no quiero que este chaval lo sepa porque lo sabrían hasta las piedras dentro de cinco minutos. Le pregunté que qué le habían dicho en la farmacia y dijo que le habían dicho que tenía una solitaria como una casa, de las más gordas que se habían visto. Y que le habían dado una medicina para matarla. Y dijo, cuando venga el chico con el chocolate, os vais enseguida, ya hablaremos a la noche... Vino el aprendiz con el chocolate, el Quimet se lo dio al niño, y a la niña sólo un poquito para que lamiese, y nos fuimos para casa. Llegó por la noche y dijo, trae la cena pronto, en la farmacia me han dicho que tengo que comer mucho para que el gusano no se me coma a mí. Y en cuanto cenaba tenía unas náuseas que no se aguantaba y dijo que el domingo tomaría la medicina y que la gracia estaba en echar al gusano entero, porque si no se echaba entero, de la cabeza hasta la punta de la cola, se volvía a hacer y dos palmos más largo. Le pregunté si le habían dicho la largura que tenía un gusano de esos y dijo, los hay de muchas medidas, según la edad y la naturaleza, pero generalmente sólo el cuello hace diez palmos.

El Cintet y el Mateu vinieron a ver cómo se tomaba la medicina y les dijo que se marchasen, porque necesitaba estar solo. Al cabo de un par de horas iba por el pasillo sin saber lo que hacía, de un lado para otro, y dijo, es peor que si estuviese en una barca. Y gruñía que si echaba la medicina no habríamos adelantado nada, y que el gusano batallaba para hacerle echar la medicina. Cuando los niños ya dormían como ángeles y a mí se me cerraban los ojos e iba medio muerta de sueño por los rincones, echó el gusano. Nunca habíamos visto ninguno: era de color de pasta de sopa sin huevo y lo guardamos en un bote de mermelada, de cristal, con espíritu de vino. El Cintet y el Quimet le pusieron de modo que, delante de todo, quedase el cuello, bien enroscado, que era fino como un hilo de repasar, con la cabeza arriba, pequeña como la cabeza de un alfiler o menos. Lo pusimos encima de un armarito y estuvimos más de una semana hablando del gusano. Y el Quimet decía que él y yo éramos iguales porque yo había hecho los niños y él había hecho un gusano de quince metros de largo. Una tarde la tendera subió a verle y dijo que su abuelo también lo había tenido y que, por las noches, cuando roncaba se atragantaba y tosía porque el gusano le sacaba la cabeza por la boca. Después subimos a la azotea a ver las palomas, que le gustaban mucho, y se fue muy contenta. Y cuando abrí la puerta del piso ya oí los grandes llantos de la niña, y me la encontré desesperada en la cuna moviendo muy furiosa los bracitos, toda cubierta de gusano, y cuando le quité el gusano de encima y fui a pegar al niño, pasó por delante de mis narices corriendo y riéndose y arrastrando un trozo de gusano como si fuese una serpentina.

La rabieta que tuvo el Quimet no se puede contar. Quería pegar al niño y le dije que lo dejase, que la culpa era nuestra por no haber puesto el bote del gusano más alto. Que ya sabíamos, desde el día que había puesto la peonza en la garganta de Rita, que con el taburete llegaba a muchos sitios. Y el Cintet le dijo que no se preocupase, que a lo mejor pronto tendría otro gusano en un bote de cristal porque ya se le estaba haciendo. Pero no era verdad.

XVII

El trabajo iba mal. El Quimet decía que el trabajo le volvía la espalda pero que al final se arreglaría, que la gente
andaba muy alterada y no pensaba en restaurar sus muebles
o en hacerse otros nuevos. Que los ricos se hacían los enfa-
dados con la república. Y mis niños... Yo no sé, porque ya se
sabe que una madre siempre exagera, pero eran dos flores.
No eran para ganar ningún primer premio, pero eran dos
flores. Con unos ojitos..., con unos ojitos que miraban y
cuando miraban aquellos ojitos... No sé cómo el Quimet
tenía valor para regañar al niño tan a menudo. Yo le regaña-
ba alguna vez, pero sólo cuando me hacía algo muy gordo; si no, se lo dejaba pasar todo. La casa no era como antes;
no era como cuando nos casamos. A veces, por no decir
siempre, se parecía a los Encantes. Y no hablemos de cuando hicimos el palomar, que fue una locura, todo sucio de
serrín, de virutas y de puntas de París torcidas... Y el trabajo se volvía de espalda y todos teníamos hambre y el Quimet casi no se daba cuenta porque él y el Cintet no sé qué
enredos se traían entre manos. Y yo no podía estar con las
manos caídas y un día me decidí a buscar trabajo sólo por

las mañanas. Encerraría a los niños en el comedor, avisaría al niño, porque si le hablaba como si fuese una persona mayor me escuchaba y una mañana pasa pronto.

Me fui a desahogar con la señora Enriqueta. Me presenté sola y temblando; no en casa de la señora Enriqueta, sino en casa de los señores donde la señora Enriqueta me dijo que fuese, porque necesitaban una interina para las mañanas. Toqué el timbre. Esperé. Volví a tocar el timbre. Volví a esperar. Y cuando ya creía que estaba tocando el timbre de una casa vacía, oí una voz, en el momento que pasaba un camión y con el estrépito no oí lo que aquella voz decía; esperé. La puerta era alta, de hierro, con cristal esmerilado, y, en el cristal esmerilado, que tenía unas burbujas como dibujo, vi un papel pegado con tiritas de goma y el papel decía: llamen a la puerta del jardín. Volví a tocar el timbre y volví a oír la voz, que venía de una ventana que había al lado de la puerta de una ventana que llegaba hasta el suelo, justo debajo de un balcón, con rejas de barra de hierro de arriba abajo. La ventana que tocaba al suelo también estaba enrejada, y, además, detrás de los hierros había una tela metálica como de gallinero pero mejor que la tela metálica de gallinero. La voz dijo, ¡dé la vuelta a la esquina!

De momento me quedé un rato quieta pensando y después miré el papel del enrejado con las letras torcidas por las burbujas del cristal y por fin lo entendí algo, y asomé la cabeza por la esquina, porque la casa hacía esquina, y a una cincuentena de metros vi una puertecita de jardín entreabierta y un señor allí plantado, con guardapolvo, que, con el brazo, me decía que fuese. Aquel señor del guardapolvo era alto y tenía los ojos muy negros. Y parecía una buena persona. Me preguntó si era la señora que buscaba una casa para trabajar por las mañanas. Le dije que sí. Para entrar al jardín tuve que bajar cuatro escalones de ladrillo, ya un poco gastados por el canto, cubiertos por arriba con un emparrado de jazmín muy espeso de aquel de estrella pequeña, de aquel que, en cuanto se pone el sol, ahoga de tanto olor. Vi una cascada a mi izquierda, en la pared que era el final del jardín, y, en medio del jardín, un surtidor. Fui con el señor del guardapolvo por el jardín arriba hasta la casa que, por la parte de atrás, tenía entresuelo y piso, mientras que por la parte de delante sólo era sótano y entresuelo. En aquel jardín, largo y estrecho, había dos mandarinos, un albaricoquero, un limonero que tenía el tronco y el revés de las hojas llenos de una especie de enfermedad que hacía unas ampollitas como de tela de araña y dentro estaba el bicho; delante de ese limonero había un cerezo y, al lado de la cascada, una mimosa alta y pobre de hojas, también con la enfermedad del limonero. De estas cosas me di cuenta más tarde, claro. Antes de entrar en el entresuelo se pasaba por un patio de cemento con un agujero en medio para que saliese el agua de la lluvia. El cemento tenía muchas grietas y en las grietas se hacían montoncitos de tierra mezclada con arena y de allí salían las hormigas como soldados. Y las que hacían los montoncitos de arena, eran ellas. En la pared del patio, la que daba a la casa vecina, había cuatro tiestos con camelias, también un poco enfermas y, al otro lado, una escalera para subir al piso. Debajo de esta escalera un lavadero y un pozo con garrucha. Cruzado el patio se pasaba por una galería con techo y el techo de esta galería era el suelo de la galería descubierta del piso que hacía el entresuelo por la parte de arriba. A la galería de abajo daban dos balcones: por uno se entraba al comedor, por el otro se entraba a la cocina. No sé si me explico bien. Y con el señor del guardapolvo, que era el yerno de la casa y era el dueño, entramos en el comedor. Me hizo sentar en una silla contra la pared y encima de la cabeza tenía una ventana que llegaba hasta el techo del comedor que daba media vuelta, pero aquella ventana daba a ras de la calle donde estaba la puertecita del jardín por donde había entrado. En cuanto me senté, entró en el comedor una señora con el pelo blanco, que era la suegra del señor del guardapolvo, y se sentó frente a mí; pero en medio teníamos la mesa, con un jarrón de flores encima que me tapaba un poco a la señora del pelo blanco. El señor del guardapolvo se quedó de pie y de detrás de una butaca de mimbre con cojines de cretona salió un chiquillo delgado y amarillito que se puso al lado de la señora, que era su abuela, y nos miraba uno por uno. Los tratos los hice con el señor del guardapolvo. Me dijo que eran cuatro de familia: el matrimonio de los suegros y el matrimonio de los jóvenes, que eran él y su señora, hija de los suegros, es decir, que él y su señora vivían con los suegros o sea con los padres de mi señora, dijo. Y el señor del guardapolvo mientras hablaba se tocaba la nuez, y dijo, hay casas que sólo necesitan una interina un día sí y cuatro no. Y que esas casas, para una persona que quisiera contar con un sueldo seguro, eran casas malas, porque la persona que trabajaba en ellas no sabía nunca a qué atenerse. El precio era de tres reales por hora, pero como su casa era una casa de trabajo seguro y para todo el año y ellos eran buenos pagadores y nunca tendría que pedirles dos veces lo que había ganado y que si quería me pagarían cada día a la hora de acabar, me pagarían diez reales en vez de tres pesetas las cuatro horas. Porque era como si, en lugar de vender al por menor, porque yo a ellos les vendía mi trabajo, les vendiese al por mayor y que ya se sabe que la venta al por mayor siempre se hace con rebaja. Y añadió que todo el mundo le conocía como buen pagador, mejor pagador que el primero, no como esos desgraciados que cuando acaban el mes ya deben el mes que viene. Me mareó un poco, y quedamos de acuerdo en los diez reales.

XVIII

decadencia

La cocina estaba al lado del comedor y también daba a la galería y encima de los fogones había una chimenea de campana como de cocina antigua y esta chimenea de campana de cocina antigua, como no la usaban porque guisaban con gas, se ve que estaba llena de hollín y cuando estaba a punto de llover caían grumos de hollín encima de los fogones. Al fondo del comedor había una puerta vidriera que daba al pasillo y en ese pasillo había un armario antiguo muy alto y ancho, y cuando había silencio en la casa, era una gran serenata de carcomas. Aquel armario era el comedero de las carcomas. A veces hasta se oían a primera hora de la mañana, y lo dijo la señora:

–¡Cuanto antes se lo coman, mejor!

Pues fuimos por el pasillo del armario y entramos en una sala con alcoba que habían hecho moderna quitándole las vidrieras que la separaban y sólo quedaba el arco del marco. En la sala de esta sala con alcoba había otro armario de caoba negra, con el espejo todo picado. Justo debajo de la ventana que llegaba al techo, como la ventana del comedor, y por donde había salido la voz de la señora cuando me había gritado que diese la vuelta a la esquina, había un tocador con el espejo también picado, y, a un lado, un lavabo nuevo con el grifo de níquel. En la alcoba, de lado a lado, había estanterías hasta el techo, llenas de libros, y, en el fondo, una librería-armario, de madera por abajo y armario de cristal por arriba, y uno de los cristales estaba todo rajado. La señora me dijo que lo había roto su hija, la madre del niño amarillito que nos seguía todo el rato, y que lo había roto tirando con un revólver de aire que los Reyes le habían traído al niño; un revólver de aire con ventosa de goma. Se ve que la hija, que debía de ser una cabeza de chorlito, quería dar a la bombilla que colgaba de un hilo eléctrico encima de la mesa, pero por falta de puntería, en lugar de dar a la bombilla rompió el cristal del armario de encima de la librería.

—Ya ve —dijo la señora.

Y en medio de la alcoba había una mesa con un mantel quemado por la plancha, donde el marido de la señora del pelo blanco (que era el único de la casa que trabajaba y que apenas vi todo el tiempo que estuve) leía por las noches: aquella mesa era la mesa de planchar. La pared del lavabo y la pared de la ventana estaban cubiertas de borra de humedad, porque, como era un sótano, cuando llovía se filtraba el agua y bajaba por la pared abajo. Al lado de esta habitación, al fondo del pasillo donde estaba el armario de las carcomas, la señora abrió una puertecita: el baño. A la bañera la llamaban la bañera de Nerón. Era cuadrada y hecha de azulejos de Valencia muy viejos, con las juntas mal unidas, y con muchos azulejos agrietados. La señora me dijo que sólo se bañaban en pleno verano y con ducha, porque para llenar aquella bañera habrían tenido que vaciar el mar. Y encima de la bañera se veía una claridad apagada, que entraba por una lucera de cristales y la lucera daba a la entrada de arriba donde estaba el enrejado con el letrero pegado con tiritas de papel de goma y esta lucera se levantaba a veces para ventilar el baño y la hacían sostenerse apuntalándola con una caña de bambú. Yo pregunté qué pasaría si mientras uno de los mayores se bañaba el niño alzaba la lucera y miraba. Y la señora dijo, calle usted. Y el techo y el trozo de pared de encima de los azulejos de Valencia, que no estaba cubierto de azulejos, estaba lo mismo que la sala con alcoba, cubierto de borra de humedad que mirada de cerca brillaba como cristal. Pero lo peor era, dijo, que aquella bañera tardaba mucho en tragar el agua cuando la vaciaban, porque el nivel de la alcantarilla de la calle era un poco más alto que el nivel del sitio en que estaba encajada la bañera y a veces, la bañera tenía que vaciarse sacando el agua que quedaba con un cacillo o con una bayeta. Entonces fuimos al entresuelo, que era el piso, por una escalera decorada con marquetería de pinyonet, a media escalera había una ventana que daba a la calle donde estaba la puertecita del jardín y, por aquella ventana, si todos estaban arriba, gritaban a los que llamaban por la puerta del jardín que empujasen y entrasen por el enrejado del letrero pegado con tiritas de goma. Y desde media escalera se veía el techo del armario de las carcomas, todo lleno de polvo. Y salimos al recibidor, con el niño detrás. Nos encontramos delante de un arcón de madera oscura todo lleno de relieves, y de un paragüero en forma de paraguas, con las varillas para arriba, todo lleno de ropa y de sombreros viejos. Si el Quimet hubiese visto aquel arcón se habría enamorado de él enseguida. Se lo dije a la señora y la señora me dijo siguiendo el dibujo de la tapa con el dedo, ¿sabe lo que representa?

—No señora.

Justo en el medio de la tapa había un muchacho y una muchacha, sólo las cabezas, con unas narices muy grandes y los labios de negrito, que se miraban; y la señora dijo, representa la eterna cuestión, y añadió, el amor. Y el niño se rió.

Entramos en una habitación que tenía un balcón a la calle, encima justo de aquella ventana por donde la señora me había gritado que llamase a la puerta del jardín. También era una sala con alcoba modernizada. Había allí un piano negro y dos butaquitas de terciopelo de color de rosa y un mueble con unas patas muy raras y altas con pies de caballo; la señora dijo que aquellas patas las había mandado hacer ella a su restaurador para sostener el mueble, que era un bargueño con incrustaciones de nácar en los cajoncitos, y dijo que eran patas de fauno. La cama de la alcoba era antigua, con metales dorados y sólo una columna a cada lado de los pies. En la cabecera, en una capillita, con las manos atadas, hecho de madera y con cara amarga, había un Santo Cristo con túnica roja y oro. La señora dijo que aquella habitación era la de los jóvenes, pero que dormían allí ella y su marido, o sea los viejos, porque su hija no podía coger el sueño con tantos automóviles yendo y viniendo por la calle y que prefería dormir en la de atrás, que tenía toda la tranquilidad del jardín. Al lado de la cama del Santo Cristo había una puertecita de paso que daba a una habitación pequeña sin ventanas, con una cama con mosquitera azul. Allí no cabía nada más y era la habitación del niño que nos seguía.

Y salimos al salón. Enseguida vi un baúl dorado de arriba abajo, dorado y azul, con escudos de colores todo alrededor de la parte baja y, en la tapa que estaba levantada, una Santa Eulalia ladeada, con un lirio de San Antonio en una mano y un dragón cerca, con la cola enroscada en una montaña sin árboles y la boca abierta de par en par, con tres lenguas de fuego como tres llamaradas. Un baúl de novia, dijo la señora, gótico. Delante del baúl había un balcón que daba sobre la ventana del comedor que llegaba al techo. Y a la derecha, saliendo del dormitorio del niño, otro balcón que daba a la galería de arriba, descubierta. No me pudo enseñar el dormitorio de los jóvenes, que era el de los viejos, porque su hija estaba descansando. Y ella y el niño se pusieron a andar de puntillas y yo también. Salimos a la galería descubierta del entresuelo que era piso, y por la escalera que había encima del pozo y del lavadero, bajamos al patio de cemento, siempre lleno de bolos porque al niño le gustaba mucho jugar allí. La señora me contó que su hija necesitaba reposo porque tenía una enfermedad, y me contó la enfermedad que tenía su hija, que le venía por haber querido cambiar de sitio los tiestos de las camelias. Al día siguiente del cambio había echado sangre. El médico les había dicho que no se sabría la enfermedad que padecía su hija mientras no tuviese uno de los riñones de su hija en la mano. Y eso, el médico, que no era el suyo, porque el suyo estaba de vacaciones, se lo había dicho cuando estaban de pie en los escalones de mármol de la entrada principal, al lado de la lucera que daba justo encima de la bañera de azulejos de Valencia. Y, antes de irme, me enseñó cómo se abría la puertecita del jardín desde la calle. La puertecita tenía una plancha de hierro en la parte de abajo y barrotes de hierro en la parte de arriba, pero como los chiquillos les tiraban basuras al jardín, una vez un conejo muerto y todo, el yerno, o sea el señor del guardapolvo, tapó el enrejado con maderas por la parte de dentro: los barrotes y la cerradura habían quedado en la parte de la calle; y en la parte del jardín sólo se veía el agujero de la cerradura. Esta puerta tenía que abrirse por el lado de la calle, cuando no la tenían cerrada con llave y sólo la cerraban con la llave por la noche, tirando de la cerradura, pasando después la mano por la rendija que se había hecho y sacando la anilla con una cadena que estaba pasada por un gancho clavado en la pared. Era muy sencillo pero se tenía que saber. Y si hablo tanto de la casa es porque todavía la veo como un rompecabezas, con las voces de ellos que, cuando me llamaban, nunca sabía de dónde venían.

XIX

Quimet me dijo que si quería ponerme a trabajar era cosa mía, que él, por su parte, trataría de hacer marchar la cría de palomas. Y que, vendiendo palomas, nos haríamos ricos. Fui a casa de la señora Enriqueta a contarle la entrevista con los señores que iba a tener. Y cuando iba, las calles, que eran como siempre, me parecían estrechas. El niño se puso enseguida a mirar las langostas. La señora Enriqueta me dijo que ella me guardaría los niños, que se los llevaría a la esquina del Smart y que los sentaría en una sillita a su lado. El Antoni bajó de la silla donde estaba encaramado, y, como lo entendía todo, dijo que él quería quedarse en casa. Yo le dije a la señora Enriqueta que al niño todavía le podría hacer estar sentado, porque, cuando quería, era obediente, pero que la Rita, pobrecilla, era demasiado pequeñita para pasarse toda la mañana en la calle. Con el ruido de la charla la Rita se me había dormido en las rodillas. Y el niño volvía a estar encima de la silla pegado a las langostas. Lloviznaba. No sé por qué sería pero cada vez que iba a ver a la señora Enriqueta era una casualidad que no lloviese. Las gotas de lluvia corrían por los alambres de tender la ropa, hasta que algunas, las más hinchadas, se estiraban, se hacían como lágrimas y caían.

El día que empecé a trabajar en la casa del sótano fue la juerga. A medio lavar los platos me quedé sin agua. El señor del guardapolvo, avisado por la señora, vino a la cocina con gestos muy finos, y abrió el grifo, y cuando vio que no manaba ni una gota de agua dijo que se iba a la azotea a ver lo que pasaba, porque a veces, como tenían el depósito medio destapado siempre para poder ver si manaba el mínimo, se metía una hojita en el agujero de salida del agua. La señora dijo que, mientras esperaba, podía quitar el polvo del comedor. Y yo pensaba que, justamente, yo tenía los niños encerrados en el comedor, porque el Quimet dijo también que la señora Enriqueta no podía guardarlos, que se distraería y a lo mejor el niño se escapaba de su lado y se iba al centro de la calle para que le aplastasen. Y mientras quitaba el polvo con un trapo, porque la señora decía que los plumeros sólo sirven para hacerlo volar, y a la que te vuelves de espaldas vuelve a estar allí donde lo habías quitado, bajó la hija, me saludó, y pensé que tenía cara de estar muy sana. La señora me dijo que subiera un cubo de agua del pozo para limpiar la ventana que llegaba al techo; como estaba al ras de la calle y pasaban carros y camiones sin parar, siempre estaba llena de polvo, y, si llovía, de barro: salpicadura va y salpicadura viene y yo siempre en danza. Bajó de la azotea el señor del guardapolvo y desde el rellano de la escalera de pinyonet por la que se salía al recibidor, gritó que el mínimo no salía, que el depósito no se había atascado en la salida, que si el agua no subía era porque debía de haber un atasco en la entrada de la calle. Entonces la señora me dijo que tendría que subir unos cuantos cubos más de agua del pozo, para acabar de lavar los platos, a pesar de que a ella le daba mucho miedo el agua del pozo porque siempre pensaba que en otros tiempos habían tirado allí a alguna persona para que se ahogase. Pero que corríamos el riesgo de que el hombre de la compañía tardase dos o tres días en venir y que no podían estar tanto tiempo con los platos sucios.

Y con unos cuantos cubos más de agua pude acabar de lavar los platos que la señora iba secando. La hija había desaparecido. Fui a hacer las camas. Subí por la escalera del jardín, encima del lavadero. El niño jugaba en el surtidor, creía que nadie le veía y tiró un puñado de arena dentro y entonces se dio cuenta de que estaba yo allí. Se quedó con los ojos quietos, blanco, y como de piedra. La señora, mientras yo hacía la cama del dormitorio de delante, el del balcón que daba encima de la ventana por donde el primer día había salido la voz diciéndome que llamase por el jardín, llamó desde el baño, y la voz salió por la lucera de la entrada, y dijo que abriese el armarito del gas, que dentro encontraría una tarjeta doblada, que la pusiese delante del letrero que decía que llamasen por el jardín porque, si cuando viniese el hombre del agua le tenían que hacer dar la vuelta, a lo mejor se enfadaba si le hacían dar un paseo tan largo. La tarjeta tapadora se sostenía por la funda, que ya estaba hecha a propósito para no tener que quitar y poner el letrero cada vez. Pasé la tarjeta en blanco entre el cristal y el letrero y se aguantó muy bien. Y la señora subió a ver si lo había entendido y me enseñó que los cristales de los batientes del enrejado se separaban del hierro alzando unos pestillos, que así se podían limpiar con toda facilidad y que estos pestillos a veces se ponían duros con el polvo y tenían que levantarse a martillazos. Que era muy práctico eso de poder separar los cristales del enrejado, porque, si no, habría sido un drama tener que limpiar los cristales pasando los dedos por entre los hierros. Y me dijo que el enrejado lo había hecho un cerrajero de Sants, aunque su cerrajero era un cerrajero de San Gervasio. Pero al cerrajero de Sants le había podido engañar su yerno diciéndole que era contratista de obras y que necesitaba cincuenta enrejados para un grupo de casas que estaba haciendo y que aquel enrejado serviría de muestra. Cosa que no habría podido contarle al cerrajero de San Gervasio que le conocía y sabía que vivía de rentas. Y aquel enrejado de muestra casi le había salido gratis y el cerrajero de Sants todavía esperaba sentado el encargo importante. Al señor no le oí volver a entrar porque debió de entrar por el jardín. A la una me pagaron y fui para casa corriendo por las calles y cuando crucé la calle Mayor, por poco voy a parar debajo de un tranvía, pero no sé qué ángel me salvó de aquel peligro. Los niños no habían hecho nada malo. La Rita estaba dormida en el suelo. Y el niño, en cuanto me vio, se me puso a lloriquear.

XX

Vino el hombre del agua al día siguiente a las diez de la mañana y fui a abrirle. Enseguida subió el señor y dijo con una cara muy triste, desde ayer estamos sin agua y no pudimos bañar al niño antes de acostarlo y nos ha pasado muy mala noche...

Y el hombre de la compañía, que era gordo y con bigote, levantó la cabeza mientras desenroscaba el grifo de dentro de la trampa de la calle, y se rió. Subieron los dos a la azotea a medir el mínimo y cuando bajaron el señor le dio propina al hombre y el hombre volvió a poner la trampa y se fue. Yo me fui para abajo por la escalera de pinyonet, y el señor que había bajado por la escalera del jardín pidió una botella de litro vacía, y me dijo que le acompañase a la azotea a medir el mínimo porque el hombre del agua lo había medido de cualquier manera y a él se le había metido en la cabeza que aquel hombre era muy buena persona y le había dejado el doble del mínimo. Fuimos a la azotea, yo sostenía la botella y él miraba el reloj y una señora de la azotea vecina le saludó y se puso a charlar con aquella señora que era inquilina, porque la casa de al lado, aunque no tan bien decorada como la suya, también era de ellos. Cuando la botella estuvo llena le llamé, vino corriendo, con el guardapolvo revoloteándole por detrás, y mirando el reloj dijo que nunca habían tenido tanta agua porque antes la botella se llenaba en seis minutos y esta vez con tres y medio había sido suficiente. Por la noche, antes de dormirme, le conté la historia del enrejado a Quimet y dijo que cuanto más ricos más raros.

Al cabo de dos días entré sin llamar, con sólo empujar la puerta y sacar la cadena; encontré a la señora y a su yerno sentados en las butacas de mimbre que estaban al pie del balcón. Enseguida vi que el señor del guardapolvo tenía un ojo morado. Me metí en la cocina a lavar los platos, que estaban todos sucios desde el día anterior, y la señora vino a hacerme compañía.

Me contó que estaban pasando un disgusto. Y me preguntó si había visto el ojo de su yerno y le dije que me había dado cuenta enseguida. Me dijo que tenían un inquilino en un cobertizo y que, este inquilino, en aquel cobertizo tenía una fabriquita de caballitos de cartón. Y que su yerno se había enterado de que ese inquilino se ganaba muy bien la vida con los caballitos de cartón y le había querido subir el alquiler. Se había presentado a la hora de comer y había encontrado al inquilino sentado a la mesa, porque se ve que vivían y comían en el mismo cobertizo donde trabajaban y tenían la mesa y la cama en un rincón. Su yerno le presentó enseguida el recibo con el aumento y el inquilino dijo que no tenían que subírselo y el yerno que sí y el inquilino que no hasta que el inquilino se puso muy furioso y cogió un hueso de cordero que tenía en el plato y se lo tiró

al yerno con tan mala suerte que le dio en mitad del ojo.
Y la señora dijo, cuando usted ha entrado hablábamos de ir
a ver al abogado. Y en aquel momento llamaron al timbre y
la señora dijo que si quería hacer el favor de ir a abrir porque ella todavía no se había lavado la cara. Le pregunté cuál
era el timbre que había sonado porque no sabía distinguir
de dónde venía el timbre; y la señora me dijo que el timbre
que había oído era el timbre del jardín que sonaba en la
galería, porque el timbre de la puerta principal sonaba en
la parte de arriba de la escalera del recibidor. Me dijo, si es
alguien que viene por el anuncio del periódico, les dice que
sólo admitimos a personas sin niños. Y que la torre tiene tres
terrados. Si les parece bien, me llama y les haremos entrar y
mi yerno les acabará de explicar los detalles y las condi-
ciones. Abra la puerta sin ímpetu; ya sabe que se abre hacia
la calle y les podría hacer daño.

Fui a abrir la puerta y me encontré con un señor y una
señora muy bien vestidos, ya viejos, y muy limpios. Dijeron
que habían dejado el coche delante de la entrada principal
y que se habían cansado de tocar el timbre y que no sonaba hasta que, por casualidad, habían visto el letrero y habían
llamado por el jardín.

—Venimos por el anuncio de la torre, ¿sabe?

Y el señor me dio un trocito de papel de periódico muy
bien recortado y me dijo que lo leyese. Quise leerlo y no
entendí nada porque sólo había una letra y punto. Otra letra,
y punto. Dos letras, y punto. Y la dirección. Y más letras y
más puntos y ninguna palabra estaba entera. No entendí
nada, le devolví el papelito y le dije que los propietarios no
querían niños. El señor dijo que la torre era para su hijo que

tenía tres niños y que, como era muy natural, si quería alquilar una torre era justamente porque tenía niños, y dijo, medio
enfadado medio en broma, ¿qué va a hacer mi hijo con
los niños? ¿Llamar al rey Herodes?

Y se fueron sin decir ni buenas tardes. La señora me
esperaba al lado del surtidor que tenía en el medio un niño
de piedra sentado, con sombrero de paja, de color verde y
azul descolorido y que llevaba un ramo de flores. Del centro de una margarita salía el agua. El señor, de pie en la galería, nos miraba, limpiándose los dientes y con una toalla al
cuello porque al grifo del lavabo se le había gastado el corcho y lo tenían atado con un cordel para que no manase sin
parar. Y se lavaba en la cocina. Dije a la señora que eran dos
señores, matrimonio, y que aquello de que no querían niños
no les había gustado ni pizca. Le dije que se habían cansado de tocar al timbre de arriba y que no sonaba. La señora
dijo que, a veces, había gente pesada que a pesar de leer el
letrero venga a tocar el timbre y entonces, ellos, quitaban la
corriente y ya podían tocar. Mientras esperábamos que el
señor acabase de limpiarse los dientes miramos el pez rojo
del surtidor, que se llamaba *Baltasar*, porque se lo regalaron
al niño por Reyes y por eso le habían puesto nombre de
rey. Le pregunté por qué no querían niños en la casa que
alquilaban y dijo que era porque los niños lo echaban todo
a perder y su yerno no los quería. Fuimos adentro y, en el momento que pisábamos el patio de cemento, ¡el timbre del
jardín! Por el anuncio. Fui a abrir corriendo y era un joven
y lo primero que me dijo fue que aquella casa era un ciem-
piés, que daban una dirección y después te hacían dar la
vuelta tres horas más allá.

arvejas = guisantes

Y mis señores siempre tenían casas por alquilar y siempre tenía que salir a explicar la historia y, a veces, antes de
poder alquilar una casa, como exigían tantas cosas, pasaban
tres o cuatro meses sin alquilarla.

Decidí llevar a los niños a la señora Enriqueta porque
aquello no era vivir. Enseguida los aceptó y, a la niña, la
ató por la cintura a la sillita con una bufanda. Y dijo que los
tendría que haber tenido desde el primer día que yo había
empezado a trabajar. Le recomendé que no les diese cacahuetes y a ellos les hice prometer que no se los pidiesen
porque les quitarían las ganas de comer. Duró poco. El niño
estaba como amodorrado y decía sin parar que quería estar
en casa. Que no quería estar en la calle. Que le dejase estar en
el piso, que quería estar en el piso. Y les dejé quedarse en el
piso porque era verdad que, el tiempo que les había dejado solos, nunca había pasado nada.

Hasta que un día, al entrar, oí un alboroto de alas y el
niño estaba de pie en la galería, de espaldas a la luz y pasaba un brazo por el hombro de la Rita. Y estaban muy quietos. Pero como yo, en cuanto llegaba, andaba muy atareada
en preparar la comida de todos, no hice caso. Y habían cogido la costumbre de jugar con arvejas. Cada uno tenía su cajita llena de arvejas y hacían dibujos por el suelo con las arvejas: caminos y flores y estrellas.

Ya teníamos diez parejas de palomas y un mediodía que
el Quimet volvía de ver a un señor que vivía cerca de donde yo trabajaba, me vino a buscar y se lo presenté a la señora. Me fui con el Quimet y, de paso, por encargo de la señora, dejé una lista en la tienda. Cuando salí, el Quimet, que
se había quedado en la calle, me dijo que si era tonta, que las

arvejas de aquel tendero eran las mejores que había visto en
su vida, que ya se había fijado cuando éramos novios, y me
hizo volver adentro a comprar cinco kilos de arvejas. El mismo tendero me las pesó. Era un chico como el Pere, el cocinero, alto, con el pelo bien peinado y la cara un poco pica-
da de viruelas, no mucho. Mi señora siempre decía que hacía
buenos precios y que era un tendero honrado que siempre daba el peso. Y era de pocas palabras.

XXI

Cada día estaba más cansada. Muchas veces, cuando entraba en el piso, encontraba a los niños dormidos. Había puesto una manta en el suelo del comedor para que se echaran y los encontraba juntitos y dormidos como ángeles. Hasta que no los encontré nunca más dormidos y la Rita, tan pequeñita, hacía, hiii..., hiii..., y se miraban con el niño, y el niño, con un dedo delante de la boca, decía a la Rita, calla. Y la Rita vuelta a empezar con aquella risa, hiii..., hiii..., hiiiii..., una risa rara. Y quise saber lo que pasaba. Un día corrí más y no me paré en ningún sitio y llegué un poco antes; abrí la puerta del piso como si entrase a robar, aguantándome la respiración mientras hacía girar la llave en la cerradura. La galería estaba llena de palomas y también las había en el pasillo y los niños no estaban en ninguna parte. Tres palomas, en cuanto me vieron delante, se fueron para el balcón de la calle que estaba abierto de par en par, y escaparon dejando unas cuantas plumas y sombra. Cuatro más se fueron hacia la galería deprisa, deprisa, dando un saltito de vez en cuando y abriendo las alas y cuando llegaron a la galería se volvieron a mirarme y las espanté con el bra-

zo y escaparon volando. Empecé a buscar a los niños hasta
por debajo de las camas y me los encontré en el cuarto oscuro donde encerrábamos al Antoni cuando era muy pequeño para que nos dejase dormir. La Rita estaba sentada en el
suelo con una paloma en la falda, y el niño tenía tres palomas delante y les daba arvejas y ellas se las cogían de la mano
con el pico. Cuando dije, ¿qué hacéis?, las palomas se asus-
taron y echaron a volar y tropaban por las paredes. Y el niño,
con las manos en la cabeza, se echó a llorar. Y el trabajo que
tuve para poder sacar aquellas palomas de allí dentro..., ¡y la
gran comedia! Se ve que ya hacía tiempo que, por las mañanas, las palomas eran las amas del piso cuando yo estaba fuera. Entraban por la galería, corrían por el pasillo, salían por
el balcón de la calle, y volvían al palomar dando la vuelta.
Y así era cómo mis hijos habían aprendido a estar quietos,
para no espantar a las palomas y poder tener su compañía.
El Quimet lo encontró muy divertido y dijo que el palomar era el corazón, de donde sale la sangre que da vueltas
por el cuerpo y vuelve al corazón, y que las palomas salían
del palomar, que era el corazón, daban vueltas por el piso,
que era el cuerpo, y volvían al palomar, que era el corazón.
Y dijo que teníamos que procurar tener más palomas, que
vivían a la buena de Dios y sin dar trabajo. Cuando las palomas, en la azotea, se echaban a volar, se levantaba como una
oleada de relámpagos y de alas y, antes de recogerse, picaban las barandillas y comían el revoque. Y en muchas partes
de las barandillas se veían grandes calvas de ladrillo pelado.
El Antoni cruzaba por entre un montón de palomas con
la Rita detrás y las palomas ni se movían: algunas les abrían
paso y otras les seguían. El Quimet dijo que ya que las palo-

mas estaban acostumbradas al piso, pondría comederos en la habitación pequeña. Y si los niños se sentaban en el suelo de la azotea enseguida estaban rodeados de palomas que se dejaban tocar. El Quimet le contó al Mateu que quería poner ponederos en la habitación pequeña, que caía justamente debajo de la buhardilla de la azotea; sólo hacía falta abrir un agujero en el techo, una trampilla, dijo, poner una escalera de listones desde el suelo hasta el techo y las palomas tendrían el camino más corto para ir y venir del piso al palomar. El Mateu le dijo que a lo mejor el dueño no quería y el Quimet dijo que el dueño no tenía por qué saberlo y que si tenían unas palomas limpias no se podía quejar y que lo que él quería era llevar adelante la cría de palomas para acabar poniendo una granja y que nos cuidaríamos de ella los niños y yo. Le dije que era una locura y dijo que las mujeres siempre quieren mandar y que él sabía lo que se hacía y por qué lo hacía y lo dicho hecho: el Mateu, con su santa paciencia, abrió la trampa y el Quimet quería hacer la escalera y Mateu le dijo que ya traería de la obra una algo vieja, y que sólo haría falta serrar un barrote o dos, porque le parecía que era un poco demasiado larga.

Y puso ponederos abajo y de momento cerró a las parejas para que se acostumbrasen a salir directamente por la escalera, en lugar de dar la vuelta por todo el piso. Las palomas vivían a oscuras porque también les cerró la trampilla, que estaba hecha de tablas y que levantaba, por la parte de arriba, tirando de una anilla de hierro; y por la parte de dentro, cuando estábamos en lo alto de la escalera, la teníamos que levantar con la cabeza y con los hombros. No podía matar ni un pichón porque los gritos y los llantos de los niños hundían la casa. Cuando entraba en la habitación pequeña a limpiar, encendía la luz, y las palomas se quedaban cegadas y paralizadas. El Cintet, con la boca más torcida que nunca, estaba muy enfadado.

—¡Eso son palomas de presidio!

Y las palomas encerradas a oscuras pusieron huevos y los incubaron y salieron pichones y cuando tuvieron los pichones cubiertos de plumas el Quimet levantó la trampilla y, por una rejilla que había hecho en la puerta de la habitación, veíamos a las palomas cómo subían la escalera: de cada revuelo un travesaño o dos. La alegría que tuvo el Quimet... Decía que podríamos tener ochenta palomas y con los pichones que harían las ochenta ya podía empezar a pensar en cerrar la tienda, y hasta comprar pronto un terreno y el Mateu le haría la casa con material aprovechado. Cuando llegaba de trabajar cenaba sin saber ni lo que estaba comiendo, y enseguida hacía retirar la mesa y debajo de la luz, con el fleco color fresa, empezaba a hacer cuentas sobre una bolsa vieja para ahorrar papel; tantas parejas, tantas crías, tantas arvejas, tanto esparto..., negocio redondo. Tengo que decir que las palomas tardaron tres o cuatro días en saber subir a la azotea y que las de arriba las recibieron a picotazos porque ya no las conocían. La más rabiosa de todas era la blanca, la primera, la de la galería y la sangre. Y cuando estuvieron bien acostumbradas las de arriba y las de abajo, las de arriba bajaron a husmear.

La casa que nos haríamos tenía que ser en la parte alta de Barcelona. Las palomas estarían en una torre especial, con una rampa que subiría haciendo caracol hasta arriba de todo y la pared de la rampa estaría llena de ponederos y al lado de cada ponedero habría una ventanita y arriba habría una terraza cubierta de un tejado acabado en pico, y por debajo del tejado las palomas se echarían a volar por el Tibidabo y por los alrededores. Decía que las palomas le harían ser un hombre conocido porque, cuando tuviese casa propia y no necesitase trabajar en el taller, haría cruces de razas y algún día ganaría un premio de criador de palomas. Pero que, de todas formas, como el oficio de ebanista le gustaba mucho, haría que el Mateu hiciese un cobertizo y tendría allí el taller y sólo haría muebles para los amigos; porque trabajar le gustaba, lo único que le molestaba era tener que tratar con señores de mala fe, porque aunque los había que eran bellísimas personas, había tantos de mala fe que a veces le quitaban las ganas de trabajar. Cuando venían el Cintet y el Mateu, todo era hacer proyectos, hasta que un día la señora Enriqueta me dijo que de cada tres parejas de palomas el Quimet regalaba dos, sólo por el gusto de regalar..., y tú, trabajando como una tonta...

XXII

Sólo oía zureos de palomas. Me mataba limpiando porquería de palomas. Toda yo olía a palomas. Palomas en la azotea, palomas en el piso; soñaba con ellas. La chica de las palomas. Haremos una fuente, decía el Cintet, con la Colometa arriba con una paloma en la mano. Cuando iba por la calle a trabajar a casa de mis señores, el zureo de las palomas me perseguía y se me metía por el cerebro como un moscardón. A veces la señora me hablaba y yo, distraída, sin enterarme, no le contestaba, y ella me decía, ¿es que no me oye?

No podía decirle que sólo oía a las palomas, que tenía en las manos el tufo a azufre de los bebederos, el olor de las arvejas que resbalaban dentro de los comederos. No podía decirle que si un huevo se caía del ponedero a medio incubar, el olor me hacía recular aunque me apretase la nariz con dos dedos. No podía decirle que sólo oía gritos de pichones que pedían de comer con toda la furia de su cuerpo lleno de cañones amarillos clavados en la carne morada. No podía decirle que sólo oía el zureo de las palomas porque las tenía metidas en casa y que si dejaba abierta la puerta de la habitación-palomar del piso, las palomas se me desparramaban por todas partes y salían por el balcón de la calle sin parar, como en un juego de locos. Y que todo había empezado porque yo había tenido que ir a trabajar a su casa, porque estaba tan cansada que no tenía ni aliento para decir que no cuando hacía falta. No podía contarle que no me podía quejar a nadie, que mi mal era un mal para mí sola y que, si alguna vez me quejaba en casa, el Quimet decía que le dolía la pierna. No le podía decir que mis hijos eran como flores mal cuidadas y que mi casa, que había sido un cielo, ahora era un batiburrillo, y que por las noches, cuando llevaba a los niños a dormir y les levantaba el camisón y les hacía ring-ring en el ombligo para hacerles reír, sentía el zureo de las palomas y tenía la nariz llena de olor de fiebre de paloma. Me parecía que toda yo, pelo, piel y vestido, olía a paloma. Cuando nadie me veía me olía los brazos y me olía el pelo cuando me peinaba y no comprendía cómo podía llevar pegado a la nariz aquel olor, de paloma y de pichón, que casi me ahogaba. La señora Enriqueta se metió y dijo que yo no tenía carácter, que ella ya habría acabado con ello, que nunca se hubiera dejado hacer una cosa así. La madre del Quimet, a la que veía muy poco porque se iba haciendo vieja deprisa y venir a vernos era un viaje demasiado largo para ella y yo no tenía tiempo de ir a verla los domingos, se presentó un día porque dijo que quería ver las palomas, que el Quimet y los niños cuando iban a verla, no muy a menudo dijo quejándose, sólo le hablaban de las palomas y de que pronto se harían ricos y el niño le decía que las palomas le seguían y que él y la Rita les hablaban como si fuesen sus hermanitos. Cuando sintió los zureos que venían de la habitación pequeña, se horrorizó. Dijo que aquello sólo se le podía haber ocurrido a su hijo. Y dijo que no sabía que las tuviéramos tan metidas dentro de casa. Y la hice subir a la azotea y desde la buhardilla de la azotea la hice asomarse a mirar por el hueco de la trampilla y le dio un vahído.

—A lo mejor el Quimet hace negocio con esto...

Cuando vio el azufre dentro de los bebederos dijo que el azufre sólo se le podía dar a las gallinas, y que a las palomas les esponjaba el hígado. Y mientras hablaba, las palomas eran las dueñas del terrado. Iban, venían, volaban, volvían a bajar, se paseaban por las barandillas y se las comían a picotazos. Parecían personas. Arrancaban como un vuelo de sombras y de luz y volaban por encima de nuestras cabezas y la sombra de las alas nos manchaba la cara. La madre de Quimet, para espantarlas, movió los brazos como un molino y no le hicieron ningún caso. Los machos hacían la rueda a las hembras, el pico arriba, el pico adelante, el pico abajo, la cola extendida, las puntas de las alas barriendo el suelo. Entraban y salían de los ponederos y comían arvejas y bebían agua con azufre y su hígado como si nada. La madre del Quimet, cuando se rehízo de su vahído, quiso ver los ponederos. Las palomas, afiebradas, nos miraban con ojos de cristal; todos los picos en fila, oscuros, con el dibujo carnoso, agujereado con dos agujeros que eran la nariz... Las buchonas parecían reyes, las monjas un montón de plumas, las de cola de pavo se enfadaron un poco y se salieron fuera y dejaron el ponedero.

—¿Vamos a ver los huevos? —dije.

—No —dijo la madre del Quimet— que a lo mejor los aborrecen. Las palomas son muy celosas y no quieren forasteros.

XXIII

Justo al cabo de una semana de aquella visita, la madre del Quimet murió. Nos vino a avisar una vecina por la madrugada. Dejé a los niños en casa de la señora Enriqueta, para que hiciera con ellos lo que quisiera, y fui con el Quimet a verla. En el picaporte había atado un gran lazo negro. Y un poco de aire gris de un día de otoño que comenzaba lo hacía revolotear. En el dormitorio de la muerta estaban tres vecinas. Habían quitado las cintas de los cuatro pomos de la cama y la de lo alto de la cruz. Ya la habían vestido. Le habían puesto un vestido negro con un cuello de tul que se sostenía con varillas finas y todo el bajo de la falda estaba adornado con peluche. A los pies de la cama había una corona muy grande, de hojas verdes, sin ninguna flor.

—No le extrañe —dijo una de las vecinas, muy alta y haciendo mover las manos con unos dedos largos y delgados—, es una corona sin flores tal como había sido siempre su deseo. Mi hijo es jardinero y yo había quedado con ella en que, si se moría antes que yo, una corona sin flores... Era su gran manía... sin flores..., sin flores, decía siempre. Las flores, decía, para las jovencitas. Y decíamos que si la que se moría primero era yo, ella me mandaría hacer una corona de flores del tiempo, que no haría la locura de hacérmela con flores que escaseasen o con flores tempranas. Porque, a mí, una corona sólo de hojas me parecería como si me hiciesen una gran comida sin postre. Y ya ven, ella ha sido la primera...

El Quimet dijo, ¿y cómo puedo hacer yo ahora la corona? Si ya la tiene.

—Si quiere, págueme la mitad..., así habremos contribuido los dos.

Y otra vecina se metió: tenía la voz ronca, y dijo, si mi amiga fuese interesada, le diría que encargase otra corona a su hijo, porque un coche puede ir cargado de coronas y en los entierros de primera siempre va un coche de más para llevar las coronas que no caben en el coche de delante...

—Como mi hijo es especialista en coronas, mi amiga lo sabe porque mi hijo se lo explica..., también hace coronas artificiales.

Y dijo que hacía unas coronas con abalorios que duraban toda la vida. Hacía flores de abalorios: camelias, rosas, lirios azules, margaritas..., flores y hojas de abalorios y ramitos ensortijados, todo de colores muy delicados. Y que el alambre con que pasaba los abalorios no se enmohecía ni con la lluvia, ni con el viento de muerte húmedo del cementerio. Y la vecina que hacía tres dijo con la voz muy triste: su madre quería una corona de hojas. Desnuda y pelada. Y dijo que había tenido una muerte como pocas: una santa muerte. Parece una niña. Y la miraba con las manos cruzadas encima del delantal.

La madre del Quimet estaba encima de la colcha de las rosas rojas, como una figura de cera. Descalza, le habían juntado los pies con un imperdible muy grande, de media a media. Dijeron que le habían quitado la cadena de oro del cuello y el anillo y se lo dieron al Quimet. Y la vecina que tenía el hijo jardinero dijo que a la madre del Quimet hacía tres o cuatro días que le habían dado unos vahídos muy fuertes, y que decía que eran como los que había tenido el día de las palomas, y que estaba un poco asustada y no quería salir a la calle porque tenía miedo a caerse. Y mientras hablaba le pasó la mano por el pelo dos o tres veces y dijo, ¿verdad que va bien peinada? Y además dijo que por la noche, cuando estaba viva, se ve que se había encontrado mal y fue a llamar a su casa y entre ella y su hijo la habían vuelto a casa porque cuando quiso salir de casa de ellos ya no podía andar. Y entre su hijo y ella la habían metido en la cama... Ya quisiera yo tener su pelo.

La señora que tenía la voz tomada se acercó a la cama y pasó la mano por la frente de la madre del Quimet y dijo que en cuanto se habían dado cuenta de que el alma se le escapaba, le habían lavado las manos y la cara y mosén Eladi todavía tuvo tiempo de hacerle la santa cruz. Dijo que les había costado poco vestirla porque ya hacía tiempo que lo tenía todo preparado y siempre les mostraba el vestido que tenía colgado en el armario en un colgador con almohadillas para que no se deformasen los hombros. Y que siempre les recomendaba que si se moría y la vestían ellas, no le pusiesen zapatos, porque si era verdad que los muertos volvían al mundo ella quería volver sin que la oyesen y sin molestar a nadie. El Quimet no sabía cómo darles las gracias y la vecina que tenía el hijo jardinero dijo: su madre era una persona muy querida, siempre moviéndose como una ardilla y

dispuesta a hacer un favor... Pobre señora... Antes de ponerle el vestido le cambiamos la cinta de los escapularios y así
se podrá presentar en el cielo, si no se ha presentado ya, ase-
ada y contenta.

Y la vecina que había hablado menos se sentó, se esti-
ró bien las faldas agarrándolas con las puntas de los dedos
por los pliegues, y nos miraba. Al cabo de un rato, como no
hablaba nadie, le dijo al Quimet: su madre le quería a usted
mucho..., y a sus niños... Pero a veces me decía que la ilusión de su vida habría sido tener una niña.

Y la vecina que tenía el hijo jardinero le dijo que había
cosas que más valía no decirlas, sobre todo en ciertos
momentos... Que decir a un hijo en el momento que su
madre se acaba de morir, como quien dice, que su madre
hubiera preferido más tener una hija, demostraba tener muy
poco entendimiento. El Quimet dijo que no le contaba nada
nuevo, porque su madre, cuando era pequeño, para hacerse la ilusión, le vestía de niña y le hacía dormir con cami-
sones de niña. Y en aquel preciso momento, y sin llamar,
entró la vecina que había comido con nosotros el día de
aquella comida sin sal, con un ramito de pensamientos; y
dijo que ya empezaba a ser hora de avisar a la funeraria.

XXIV

Ni el Cintet ni el Quimet paraban de hablar de los «escamots» y de que tendrían que volver a hacer de soldados y de todo lo que hiciese falta. Yo les dije que bueno, que muy bien, que hacer de *escamots* estaba bien, pero que ellos ya habían hecho de soldados y le dije al Cintet que me dejase al Quimet tranquilo, y que no me lo encalabrinase con eso de los «escamots» porque bastantes quebraderos de cabeza teníamos ya. El Cintet estuvo ocho días sin mirarme a la cara. Y un día vino a verme, ¿qué mal hay en hacer de *escamot*?

Yo le contesté que el *escamot* lo podían hacer los otros, los que no estaban casados como ahora él, que yo no tenía nada que decir si él hacía de *escamot* pero que Quimet tenía bastante trabajo con su casa y que era demasiado mayorcito para eso. Y dijo que al Quimet hasta le sentaría bien porque irían a las Planas a hacer la instrucción...Y yo le dije que no quería que el Quimet fuese *escamot*.

Estaba cansada; me mataba trabajando y todo iba para atrás. El Quimet no veía que lo que yo necesitaba era un poco de ayuda en vez de pasarme la vida ayudando, y nadie se daba cuenta de mí y todo el mundo me pedía más, como si yo no fuera una persona. ¡Y el Quimet venga a coger palomas y venga a regalarlas! Y los domingos se iba con el Cintet. Y eso que nos había dicho que le iba a poner un carrito a la moto para salir todos juntos al campo. Él, con el niño detrás, y yo en el carrito, con la niña. Pero, ya digo, los domingos salía con el Cintet y creo que se iban a hacer de *escamots* tal como se les había metido en la cabeza. A veces, todavía se quejaba de la pierna pero enseguida se callaba porque el niño se envolvía una pierna con un trapo y daba vueltas por el comedor haciéndose el cojo, con la Rita detrás con los bracitos arriba. Y el Quimet se enfurruñaba y decía que yo educaba a los hijos como si fuesen los hijos de un gitano.

Una tarde, cuando los niños estaban echando la siesta, llamaron a la puerta de la calle. Dos toques eran para nosotros; un toque para los vecinos del primer piso. Salí a tirar de la cuerda. Era el Mateu y desde abajo me gritó que subía. En cuanto le vi me di cuenta de que había algo que no marchaba bien. Se sentó en el comedor y empezamos a hablar de las palomas. A él, dijo, las que le gustaban más eran las que tenían un poco de capucha de plumas detrás de la cabeza y todo el cuello morado y verde, de tornasol. Decía que una paloma sin tornasol no era una paloma. Yo le dije que si se había fijado en que muchas que tenían las patas rojas tenían las uñas negras. Y él dijo que eso de las patas rojas y de las uñas negras no tenía ninguna gracia; que lo que le daba que pensar de veras era eso del tornasol. ¿Qué era lo que hacía que según de donde viniese la claridad las plumas cambiaran y parecieran verdes o moradas?

—No se lo he dicho al Quimet, pero hace pocos días he conocido a un señor que tiene palomas con corbata...

Dije que había hecho bien en callarse porque ya sólo faltaba que el Quimet me trajese palomas de otra clase. Y el Mateu dijo que aquella corbata eran plumas rizadas en medio del pecho, como un reguero, todas de satén. Y que las llamaban palomas corbata de satén. Y dijo, si el Quimet no estuviese tan distraído con las cosas que pasan por allí, sabría que hay palomas que en vez de tener las plumas peinadas para abajo, las tienen peinadas para arriba y son las que se llaman de corbata china. Y dijo que ya se hacía cargo de lo pesado que tenía que ser cuidarse de tantas palomas y tener palomas en el piso, que el Quimet era un buen muchacho, pero con sus manías... Y que cuando el Quimet le pedía una cosa él no sabía decirle que no, porque tenía una manera de mirarle que le podía... Pero que ahora comprendía que hubiera sido mejor negarse a abrir aquella trampilla. Me preguntó por los niños y cuando le dije que dormían puso una cara tan triste que me asustó... Le conté que los niños y las palomas eran como una familia... Que palomas y niños eran todo uno. Y que todo había empezado por tener que dejarles solos... Y yo hablaba y veía que el Mateu no me escuchaba, que estaba lejos, que se había escapado. Hasta que al final dejé de hablar y sin mi voz él encontró su voz y dijo que ya hacía una semana que no veía a su niña porque la Griselda se había colocado de mecanógrafa y se había llevado a la niña a casa de sus padres y que él no podía vivir sin tener a la niña en su casa y sabiendo que la Griselda trataba con personas de todas clases..., y la niña fuera de casa..., y la niña fuera de casa..., decía apenado. Hasta que al final me pidió que le perdonase por haber venido a contarme sus historias, que un hombre tiene que saber arreglárselas solo,

pero que me conocía hacía tanto tiempo, y que me conocía tan bien, que le parecía como si yo fuese una hermana suya, y cuando dijo que me consideraba como si fuese hermana suya se me echó a llorar y me asusté mucho. Era la primera vez que veía llorar a un hombre, alto como un San Pablo y con los ojos azules. Cuando se calmó un poco se fue de puntillas para no despertar a los niños y, cuando me quedé sola, sentí una cosa muy rara por dentro: una pena mezclada con un bienestar que seguramente no había sentido nunca.

Y me fui a la azotea, con el cielo tirante y de color de fresa a la puesta del sol, y las palomas se me acercaron a los pies con las plumas lisas, con esas plumas en las que cuando llueve la lluvia resbala sin poder entrar dentro. De vez en cuando un poco de viento les levantaba las plumas del cuello... Dos o tres se echaron a volar y contra el color rojizo del poniente eran todas negras.

Por la noche, en lugar de pensar en las palomas y en mi cansancio, que a veces no me dejaba dormir, pensaba en los ojos de Mateu, con aquel color de mar. El color que tenía el mar cuando hacía sol y salía con Quimet a correr en la moto y, sin darme cuenta, pensaba en cosas que me parecía que entendía y que no acababa de entender..., o aprendía cosas que empezaba a saber entonces...

XXV

Al día siguiente, en casa de mis señores, rompí un vaso y me lo hicieron pagar como nuevo aunque estaba ya un poco resquebrajado. Cuando llegué al piso, cargada con las arvejas, cansada a más no poder, tuve incluso que pararme delante de las balanzas dibujadas en la pared, que era el sitio en que se me acababa el aliento cuando estaba cansada. Le pegué un par de cachetes al niño sin razón, y lloró, y la niña, cuando le vio llorar, también se puso a llorar, y ya éramos tres, porque yo también me puse a llorar y las palomas zureaban y cuando llegó el Quimet nos encontró con la cara chorreando lágrimas y dijo que sólo le faltaba eso.

—Toda la mañana encerando y tapando agujeros de carcoma y llego a casa y en lugar de encontrarme paz y alegría, encuentro llanto y dramas. Lo que faltaba para el duro.

Y cogió a los niños de un tirón y los levantó por el aire sólo agarrados por un brazo y los paseó así por el comedor, arriba y abajo, uno en cada mano, y yo le dije que a ver si quería romperles los brazos, y dijo que si no se acababan los llantos les tiraría de cabeza a la calle. Y para no armar líos me tragué la pena y les lavé la cara a los niños y también yo me lavé la cara y no le dije que había roto un vaso y que me lo habían descontado, porque habría sido capaz de ir a ver a los señores y armarles un barullo de mil demonios.

Y fue aquel día cuando me dije que aquello se había acabado. Que se habían acabado las palomas. Palomas, arvejas, bebederos, ponederos, palomar y escalera de palo, ¡todo a paseo! Pero no sabía cómo... Este pensamiento se me quedó dentro de la cabeza como una brasa. Y mientras el Quimet almorzaba con las piernas enroscadas en los barrotes de delante de la silla y desenroscaba una y decía, haciendo mover el pie, que tenía una especie de fuego en la rodilla que le estaba quemando los huesos, yo pensaba en acabar con el pueblo de las palomas y todo lo que el Quimet me decía me entraba por un oído y me salía por el otro como si, de oído a oído, se me hubiese acabado de hacer un agujero.

Sentía la brasa dentro del cerebro, encendida y roja. Arvejas, bebederos, comederos, palomar, y capazos de palomina, ¡todo a paseo! Escalera de palo, esparto, bolas de azufre, buchonas, ojitos rojos y patas rojas, ¡todo a paseo! Cola de pavo, capucha, monja, palominos y palomones, ¡todo a paseo! La buhardilla de la azotea para mí, la trampilla tapada, las sillas dentro de la buhardilla, el camino de las palomas cerrado, el cesto de la ropa en la azotea, la ropa tendida en la azotea. Los ojos redondos y los picos afilados, el tornasol malva y el tornasol manzana, ¡todo a paseo! La madre del Quimet me había dado, sin querer, el remedio... Y empecé a molestar a las palomas mientras empollaban. Aprovechando que los niños dormían después de comer subía entonces al terrado y atormentaba a las palomas. La buhardilla de la azotea abrasaba como un horno, todo el sol de la mañana se amontonaba en el techo y lo ponía ardiendo; y con la fiebre de las palomas y el olor de la fiebre, era un infierno.

La paloma que empollaba, cuando me veía cerca, levantaba la cabeza y estiraba el cuello, abría las alas, protegía. Cuando le ponía la mano debajo del pecho quería picarme. Las había que ahuecaban las plumas y no se movían, las había que huían y esperaban desasosegadas a que me marchase para volver al ponedero. Un huevo de paloma es bonito, más bonito que un huevo de gallina, más pequeño, como hecho para que quepa en la mano. Cogía los huevos de la paloma que no huía y se los pasaba por delante del pico, y la paloma, que no sabía lo era la mano ni los huevos ni nada de nada, echaba la cabeza hacia delante, abría el pico y me quería picar. Pequeños y pulidos, los huevos estaban calientes y olían a pluma. Al cabo de unos cuantos días muchos ponederos estaban abandonados. Y los huevos, solos en medio de su nido de esparto, se pudrían. Se pudrían con el pollo dentro, todavía a medio hacer, todo sangre y yema y el corazón antes que nada.

Después iba al piso y entraba en la habitación pequeña. Una vez, una paloma salió volando por el agujero de la trampilla, como un grito. Y al cabo de un rato sacó la cabeza por un lado de la trampilla y me vigilaba. Las buchonas dejaban el ponedero con un vuelo torpe y se quedaban en el suelo muy acobardadas. Las cola de pavo eran las que se defendían más. Descansé una temporada y fue como si no hubiese pasado nada. Tenía que acabar. Y en lugar de espantar a las palomas para que aborreciesen a las crías, me puse a coger los huevos y a sacudirlos con rabia. Esperaba que ya estuviese el pollo dentro. Que se le atontase bien la cabeza contra la cáscara del huevo. Las palomas empollaban la cría dieciocho días; cuando estaban a medias, yo sacudía los huevos. Cuanto más avanzadas estaban en el trabajo de incubar, más se enconaban. Más fiebre. Más ganas de picar. Cuando ponía la mano debajo de las plumas calientes, la cabeza y el pico de la paloma buscaban mi mano por entre sus plumas, y cuando mi mano salía con los huevos, la picaban.

Fue una temporada de dormir desasosegado. Dormía con sobresaltos en el corazón como cuando era pequeña y mis padres se peleaban y después mi madre se quedaba triste y sin aliento, sentada por los rincones. Y me despertaba a medianoche, como si me tirasen por dentro con un cordel, como si todavía tuviese el ombligo del nacimiento y me sacasen entera por el ombligo y con aquel tirón se me fuese todo: los ojos y las manos y las uñas y los pies y el corazón con un canal en medio con un cuajarón negro de sangre prieta, y los dedos de los pies que vivían como si estuviesen muertos: era igual. Todo se lo chupaba la nada otra vez, por el cordoncito del ombligo que habían hecho secar atándolo. Y alrededor de aquel tirón que se me llevaba había como una nube de pluma de paloma, esponjosa, para que nadie se diese cuenta de nada. Duró meses. Meses y meses de mal dormir y sacudir los huevos de las palomas. Muchas empollaban sin saberlo dos o tres días más del tiempo que tenían que empollar, esperando.

Y al cabo de unos cuantos meses el Quimet empezó a gruñir y a decir que aquellas palomas no valían nada, que sólo servían para coger esparto con el pico para hacer el nido y total agua de borrajas. Todo porque sí.

Todo porque ya no podía más, con las criaturas encerradas, lavando platos en aquella casa donde nadie servía para
nada, sólo para meterse cucharas llenas de comida en la boca,
con un niño que les había salido escuchimizado con lo bien
que debían de haber querido hacerlo...Y todavía, en la azotea, había palomas zureando

XXVI

Y mientras yo armaba la gran revolución con las palomas vino lo que vino, que parecía una cosa que tenía que ser muy breve. De momento nos quedamos sin gas. Quiero decir que no subía al piso y que en casa de mis señores no bajaba al sótano. El primer día ya tuvimos que hacer la comida en la galería con un fogón de tierra gris sujeta con hierros negros, y con carbón de encina que yo tuve que ir a buscar, pobres piernas mías.

—Es el último —dijo la carbonera, porque su marido se había echado a la calle. El Quimet también corría por las calles y cada día andaba por las calles y yo siempre pensaba que cualquier día no le volvería a ver. Se vistió con un mono azul y, al cabo de unos cuantos días de humo y de iglesias echando llamas, se me presentó con un cinturón con revólver y una escopeta de dos cañones colgada del hombro. Y hacía calor, mucho calor, la ropa se pegaba a la espalda y las sábanas se pegaban en todo el cuerpo y la gente vivía como amilanada. La tienda de abajo se quedó vacía en unos pocos días y todo el mundo hablaba de lo mismo y una señora dijo que ya se veía venir hacía tiempo y que estas cosas del pueblo en armas siempre pasaban en el verano que es cuando la sangre hierve más deprisa. Y que África tendría que haberse hundido.

Un día, a la hora en que traían la leche Sila, no la trajeron. Y los señores estaban todos sentados en el comedor esperando que trajesen la leche Sila. Y a las doce llamaron a la puerta principal y me dijeron que fuese a abrir, y el señor del guardapolvo detrás de mí. Era el hombre con el carretón de la leche Sila. Abrí la reja y el hombre me dio los dos botes encerados y yo los cogí. Y el señor del guardapolvo dijo, ya ve lo que pasa, ¿qué le parece?, ¿es que no ven que los pobres están perdidos sin los ricos?

Y el hombre de la leche Sila bajó la tapadera y le dijo al señor si quería hacer el favor de pagarle, le pagaban de semana en semana, porque no sabía si al día siguiente podría traer más leche. Subió la señora y lo oyó, y preguntó que qué habían hecho con las vacas, y dijo que suponía que las vacas no hacían la revolución, y el hombre de la leche Sila dijo, no señora, creo que no..., pero todo el mundo va por las calles y nosotros cerraremos. ¿Y qué vamos a hacer, sin leche?, dijo la señora. Y el señor se metió y dijo, cuando los obreros quieren hacerse los amos no saben cómo hacerlo. ¿Usted quiere la revolución?, dijo el señor. No señor, dijo el hombre de la leche Sila. Y ya empujaba el carretón para arriba sin acordarse de que tenían que pagarle y el señor le hizo pararse y le pagó y le dijo que se veía que era una buena persona aunque fuese un trabajador, y el hombre de la leche Sila le dijo, es que ya soy viejo... Y empujó el carretón y se fue a llamar a otras casas para acabar de repartir los últimos botes. Cerré el enrejado y, al pie de la escalera de pinyonet, nos esperaba la hija de la casa, y la señora, que era su madre, le dijo, dice que mañana no tendremos leche. Y la hija dijo, ¿y qué vamos a hacer?

Cuando llegamos al comedor nos sentamos todos y el señor me contó que cada noche escuchaba la radio galena y que pronto iría todo bien porque ya avanzaban. Y al día siguiente, en cuanto quité la cadena de la puerta y puse el pie en el primer escalón cubierto de flores de jazmín tiernas y secas, vi a la señora que me esperaba al lado de la mimosa. Tenía la cara rociada de gotitas de sudor y enseguida se me desahogó.

—Ayer por la tarde querían matar a mi marido.

—¿Quién? —dije, y ella dijo; vamos al comedor que estaremos más frescas. Y en cuanto nos sentamos en las butacas de mimbre dijo, ayer a las ocho de la tarde, a la hora en que mi marido llega del despacho, le oímos que gritaba desde el recibidor ¡subid, subid! Subí. Detrás tenía un miliciano que le apuntaba por la espalda con la escopeta.

—¿Por qué? —dije.

—Espérese —dijo la señora riendo—. Le había tomado por un cura..., como no tiene ni un pelo en la cabeza..., el miliciano creía que se había cortado el pelo para disimular y le traía así, desde la Travesera, la escopeta detrás y mi marido delante. Y el miliciano dijo que le detenía, y el trabajo que tuvo mi marido para hacerle venir hasta casa, para enseñarle la familia...

Me puse colorada un momento porque tuve miedo de que ese miliciano fuese el Quimet que se hubiese exaltado, pero enseguida me acordé de que la señora ya le conocía. Pero el susto me lo llevé. Y la señora dijo que le había dicho al miliciano, veintidós años de casados. Y el miliciano se fue diciendo que le perdonasen y dice que, por la noche, todos estaban pendientes de la radio galena, y el yerno de la señora, el señor del guardapolvo, que no dejaba los auriculares a nadie, mientras escuchaba ponía una cara muy mohína y dijo que aquella noche no oía nada.

Al cabo de dos días del lío con el miliciano, a las tres de la tarde, llamaron. La señora fue a abrir y dice que, cuando bajaba los escalones de mármol de la entrada principal ya estaba asustada y que el corazón se le encogió, porque a través del cristal esmerilado y de las burbujas, vio un grupo de muchas personas y sombras como de palos que eran cañones de escopeta.

Abrió y entraron cinco milicianos y un señor y una señora, que ella conocía, y que eran los propietarios de una casa de pisos en la calle de Provenza. Se ve que el señor del guardapolvo hacía años que había hecho una hipoteca sobre esa casa y como aquel señor y aquella señora no le pagaban los intereses, se les había quedado con la casa que ya era de él. Y el señor y la señora querían que la casa volviese a ser de ellos y todos se metieron en el salón del baúl de Santa Eulalia, y el señor subió y enseguida uno de los milicianos, muy bien plantado y muy delgado, le hizo sentarse delante de la mesa y le apuntó con el cañón de una parabéllum detrás de la oreja y le dijo que firmase un papel diciendo que les devolvía la casa a aquellos señores que eran sus propietarios. Que él se la había robado. Y que si no le podían pagar los intereses de la hipoteca era porque les cobraba el doce por ciento y que eso no se podía cobrar. Y el miliciano decía, haga el papel enseguida diciendo que devuelve la casa a estos señores, que es todo lo que tienen.

Y el señor, dijo la señora, estaba quieto como una rata, con el cañón en la oreja que no le dejaba mover la cabeza, sin decir nada y el miliciano ya se cansaba de no oírle hablar, y al cabo de un rato el señor empezó a decir muy despacio y bajito que aquellos señores no tenían razón, que él había hecho las cosas dentro de la ley, y los señores dijeron al miliciano, no le deje hablar porque si habla le convencerá. Es capaz de convencer a Dios Nuestro Señor.

Y dice que el miliciano le dio un golpe con el cañón y le dijo, ¡escriba!, y el señor volvió a hacerse la estatua. Y nadie decía nada; y el señor, cuando les tuvo bien aburridos, se puso a hablar y les convenció, pero se le llevaron al comité. Y a las diez de la noche volvió. Dijo que todos los revolucionarios le habían dicho que tenía razón él, pero que, antes de decirle que tenía razón, le habían paseado mucho rato en auto y que en la parte trasera del coche llevaban garrafas llenas de alcohol para quemarle en un descampado. Y dijo que había hecho tan bien la comedia que los del comité habían armado un escándalo a los señores que no tenían casa, porque les habían hecho perder el tiempo y ellos no estaban para perder el tiempo. Y mientras la señora me contaba todo eso a mí me corrían las gotas de sudor por la espalda abajo, como una culebra viva. Y al día siguiente, otra vez en danza. La señora me estaba esperando al pie de los escalones debajo del jazmín quemado por el calor; y me dijo, ayer a las doce de la noche creímos que no nos librábamos.

Les habían hecho un registro porque unos inquilinos que pintaban pañuelos de seda con pistola en un garaje que les tenía alquilado su yerno, porque los inquilinos de la torre, que también era de él, no tenían auto, les habían denunciado. Pero como los del registro sólo encontraron cachivaches en los cajones y en los armarios, se fueron después de registrar. Y la señora me dijo: lo que querían esos inquilinos era que los milicianos nos cogiesen, que nos hiciesen vivir en su garaje y venir ellos a vivir a nuestra casa. ¿Qué le parece como va el mundo?

Se puso muy difícil lo de encontrar arvejas y las palomas empezaron a marcharse.

XXVII

La señora Enriqueta decía que aquello era demasiado, que le habían destrozado el negocio. Todo a paseo. Y a ver qué pasaba con lo que tenía en el banco. Se puso a vender botones y ligas de caballero, en el suelo, en la calle de Pelayo. Al Quimet le veía muy poco, y ya era mucho si venía a dormir a veces. Un día me dijo que la cosa se ponía negra y que tendría que ir al frente de Aragón. Y me dijo que habían podido salvar a mosén Joan. Y que mosén Joan, con un traje de Mateu y en un camión que les había conseguido el Cintet, había pasado la frontera. Toma, me dijo, y me dio dos monedas de oro y dijo que mosén Joan se las había dado para mí y para los niños, que las necesitaríamos más que él, porque a él, fuese donde fuese a parar, le ayudaría Dios y no le dejaría morir hasta que no le llegase la hora. Y guardé las dos monedas y el Quimet añadió que no dejase a mis señores, que con el tiempo que hacía que les servía, siempre me podrían sacar de un apuro y que aunque la cosa se pusiese negra se acabaría pronto y que no había más remedio que bailar con la más fea. Y dijo, parece que la Griselda va con uno muy importante y no quiere saber nada del Mateu... Cosas que pasan.

Se fue al frente de Aragón y yo seguí viviendo como siempre. Si me ponía a pensar me veía rodeada de pozos y a punto de caerme en cualquiera de ellos. Hasta que vino el discurso del señor del guardapolvo un día, a la una, antes de irme a casa.

—Estamos muy contentos con usted, siempre que quiera venga a vernos. Pero resulta que nos lo han quitado todo y nos hemos quedado sin inquilinos. Nos hemos enterado de que su marido es de los que están en el tinglado y con personas así no nos gusta tener tratos, ¿comprende? Nosotros oímos cada noche la radio galena y eso es lo que tendrían que hacer todos ustedes y verían que son unos ignorantes que viven en la luna. En vez de sacar tantas banderas, más valdría que se preparasen vendas porque del trastazo que les van a pegar a todos no les va a quedar entero ni un brazo ni una pierna.

Y mientras me decía eso se paseaba arriba y abajo por el comedor, y, de vez en cuando, se tocaba la nuez. Y todavía siguió: no crea que tenga nada que decir de usted..., es que no podemos pagarla. Desde el primer día les estoy diciendo que sin los ricos los pobres no pueden vivir y que todos esos automóviles con que se pasean los cerrajeros y los albañiles, los cocineros y los mozos de cuerda, los tendrán que devolver con mucha sangre.

Y así acabó. Se fue a apuntalar la mimosa de la cascada que trepaba hacia arriba como un gusano y se estaba torciendo. Antes de irme, la señora me dijo que la casa donde trabajaba su marido desde hacía treinta años había pasado a manos de los empleados y que su marido tenía parte en ella. Y todavía me dijo, siempre que quiera, ya lo sabe...

A la hora de comer, como si saliesen del piso de abajo, se presentó el Quimet con el Cintet, y el Cintet me contó que él era el jefe de un cañón y que, con ese cañón, iba de un lado para otro. Habían venido del frente para verme y para traerme comida y se fueron enseguida. El Quimet, antes de irse, como los niños estaban durmiendo, les fue a dar un beso, de puntillas, para no despertarles. Aquel mismo día vino el Mateu, también con mono y fusil. Muy amohinado. Le dije que el Quimet había estado en casa hacía pocas horas con el Cintet, y dijo que le hubiese gustado mucho verles..., el sol se encendía y se apagaba y el comedor tan pronto era amarillo como blanco. El Mateu puso el fusil encima de la mesa, y, muy triste, dijo, ya ve cómo nos tenemos que ver los hombres de paz...

Y estaba muy preocupado, tan preocupado o más que el Quimet y que el Cintet y que yo misma. Y me dijo que él sólo vivía por dos cosas: por el trabajo y por la familia, por la Griselda y por la niña. Y que venía a decirme adiós porque se iba al frente y que a lo mejor Dios le enviaba al frente para hacerle morir pronto porque sin la niña y sin la Griselda ya no se sentía capaz de vivir. Estuvo un rato, a veces hablando y a veces sin decir nada. Los niños se despertaron, salieron, y después de saludarle, se pusieron a jugar en la galería, en medio de una calva de sol que se fundía y se volvía a encender. Y entonces, entre un rato de sol y otro rato de sombra, me dijo que si le podría dar alguna cosa que le sirviese de recuerdo, porque yo era la única persona que tenía en el mundo. Me puse a pensar, porque no se me ocurría lo que podría ser una cosa que sirviese de recuerdo. Y vi el ramito de boj, que se había hecho viejo en el aparador, y la cintita roja que lo ataba. Cogí el ramito de boj y desaté la cintita y se la di, y él sacó la cartera y la puso dentro. Y de repente me salieron de no sé dónde ganas de preguntarle una cosa que nunca había tenido ocasión de preguntar..., si sabía quién era la María... Que el Quimet, a veces la había nombrado...Y me dijo que estaba seguro de que el Quimet nunca había conocido a una muchacha que se llamase María. Nunca.

Dijo que se iba, y llamó a los niños y les dio un beso en la frente y cuando estábamos en la puerta, en el momento en que yo iba a abrirla, la cerró con la mano, contra mi mano que la abría, y dijo que antes de marcharse me quería decir una cosa: que el Quimet no sabía la suerte que tenía de tener una mujer como yo, y que me lo decía en un momento en que a lo mejor no nos veríamos nunca más, para que siempre me acordase de ello..., del respeto y del afecto que me había tenido desde el primer día, cuando había venido a hacernos la cocina. Y yo, para disimular, le dije que por qué se iba, que se quedase, que la Griselda al fin y al cabo era una buena chica y se daría cuenta del disparate que había hecho y me dijo, no tengo otro remedio, hay eso de la Griselda, pero también hay otra cosa más importante, porque es una cosa de todos y si perdemos nos borrarán del mapa. Se fue más triste que cuando había entrado. Tardé mucho en volver a ver al Quimet y, gracias a la señora Enriqueta, encontré trabajo de limpiadora en el Ayuntamiento.

XXVIII

Éramos una cuadrilla. La cuadrilla de la limpieza. Cuando me metía en la cama, tocaba la columna que había roto cuando nació el Antoni y que el Quimet había cambiado gruñendo, y tocaba las flores de ganchillo de la colcha, y tocando la columna y las flores, me parecía, en la oscuridad, que todo era lo mismo que antes, que al día siguiente me levantaría para preparar el almuerzo del Quimet, que el domingo iríamos a ver a su madre, que el niño estaba encerrado y llorando en la habitación donde habíamos tenido las palomas y que la pobrecilla Rita todavía estaba por nacer...Y si iba más lejos pensaba en el tiempo en que vendía pasteles, en aquella tienda llena de cristales y de espejos, tan perfumada, y que tenía un vestido blanco para ponerme y que podía pasear por las calles...

Y cuando ya creía que no volvería a ver nunca más al Quimet porque se había ido a la guerra, me llegó un domingo, lleno de polvo y cargado de comida. Dejó los paquetes encima de la mesa y el revólver y la escopeta. Dijo que necesitaban colchones y se llevó dos. El del niño, que dijo que podía dormir conmigo, y el de mi cama de soltera, de latón.

Dijo que estaban muy bien atrincherados y que a veces se hablaban de trinchera a trinchera con los del otro lado, pero que si alguno se distraía y sacaba la cabeza fuera le pegaban un tiro y le tumbaban. Me dijo que no les faltaba comida y que todo el mundo les ayudaba y que todo el mundo estaba con ellos y que había mucha gente del campo que se les unía para engrosar las filas, pero que cuando tenían que regar los huertos o dar de comer a las bestias les dejaban irse y que después volvían todos. Que se pasaban días y días muy aburridos y sin tiros, sin hablar con los de enfrente, todo el rato durmiendo y que de tanto dormir él siempre estaba desvelado y se pasaba las noches mirando las nubes y las estrellas y que nunca había pensado que hubiese tantas y de tantos tamaños, siempre encerrado en el taller haciendo muebles y más muebles. Y el Antoni quería saber más cosas y se le subía en las rodillas y le hacía enseñarle cómo se disparaba el revólver y el Quimet le decía que la guerra que él hacía no era guerra y que sería la última. Y el Antoni y la Rita estaban como enamorados de su padre y él les dijo que el domingo que viene les traería juguetes, baturricos y baturricas. Comimos muy bien y después hubo que buscar una cuerda para atar los colchones y fue a casa del tendero, que no estaba muy contento con el Quimet porque me hacía comprar las arvejas de las palomas en otro sitio. Antes avisamos al tendero, por la galería, porque tenía la persiana metálica echada, y enseguida le dio un trozo muy largo de cuerda, más de la que necesitaba, y también le dio sacos y el Quimet dijo que los sacos irían muy bien para hacer parapetos. Que había tenido una gran idea con aquellos sacos porque los llenarían de tierra, y estupendo.

la guerra

—Mire, ve, si en vez de tener los años que tengo —le dijo
el tendero— tuviese su juventud, haría la guerra con usted.
Ahora que tengo la tienda vacía, hasta me distraería…, en
mi tiempo la guerra era de otra manera. Y usted ya debe de
saber cómo se hizo la gran guerra…, con gases asfixiantes
y todo.

El Quimet le dijo que sabía muy bien cómo se había
hecho la gran guerra porque había hecho colección de gene-
rales con cromos de chocolate.

—Pero de la forma que la juventud de ahora hace la guerra, da gusto… Al fin y al cabo, esta guerra, en cuanto pase
el primer golpe de mala sangre, es una guerra que no puede ser una guerra… Vuelvo a decirle que me gusta mucho.
De aquí a un mes, la paz. Tengo experiencia. Con lo que
nunca he estado de acuerdo es con los paseos y con lo de
picar y con lo de quemar iglesias, porque son cosas que más
bien nos dejan mal… Pero de la manera que ustedes hacen
la guerra, le digo que me gusta mucho y si cuando vuelva
tengo más sacos, ya lo sabe, una voz por la galería.

Y el Quimet le dijo que volvería la semana que viene.

Le conté al Quimet lo que me había pasado con los
señores y que trabajaba en el Ayuntamiento y dijo que seguramente era así mejor, porque trabajar para los que dirigen
la ciudad es más bueno que malo. Miró la habitación vacía
de palomas y le dije que en la azotea todavía quedaban unas
cuantas: las más viejas. Que con el hambre se habían vuelto medio salvajes y que no las podía cazar ni coger. Me dijo
que no me preocupase, que no tenía importancia, porque
todo había cambiado en la vida y todavía cambiaría más,
pero a mejor y que todos tocaríamos los resultados. Se fue

al amanecer. En la parte donde nace el sol todo era rojo de sangre. La bocina del camión que venía a buscar al Quimet despertaba hasta a las piedras. Subieron dos milicianos a cargar los colchones y uno de aquellos milicianos le dijo al Quimet que el Cintet había desaparecido. Le habían ido a buscar y no le habían encontrado y el Quimet les dijo que no se preocupasen, que la culpa la tenía él por no haberles dicho que el Cintet había tenido que ir a Cartagena a buscar billetes de banco y que seguramente no podría volver en media semana.

XXIX

Al cabo de tres días justos de haberse ido el Quimet vino el
Cintet con un mono nuevo, muy tieso, y todo lleno de
correajes cruzados por el pecho y por la espalda y con un
gran cesto de naranjas. Para los niños, dijo. Me contó que
había ido a Cartagena a buscar billetes de banco y que la
avioneta era muy vieja y donde no había peso el viento
levantaba un tablón del suelo y que antes de llegar a la vista de la ciudad, el aviador les dijo que a lo mejor no llegarían volando porque aquella avioneta era un cacharro y en
el momento que decía que a lo mejor no llegaban, ¡zas!, se
les metió un pájaro dentro por una rendija del suelo, empujado por el viento o chupado por el vacío, y queriéndolo
echar y entretenidos con el pájaro, llegaron a Cartagena sin
darse cuenta. De una mochila que al entrar había dejado
encima de la mesa sacó seis botes de leche y un paquete
de café y me dijo si le quería hacer un poco de café, porque él, lo que más echaba de menos con aquel martirio de
la guerra, era el no poder comer en plato de loza ni poder
tomar café en taza de porcelana, y dijo que le gustaría tomar
café en aquellas jícaras de chocolate que tanto habían hecho

rabiar al Quimet; y nos reímos. Dijo que me hacía todos aquellos regalos en recuerdo de los hartones que nos habíamos dado de rascar papel juntos. Mientras se hervía el agua para el café, dijo que era muy triste que nosotros, que éramos gente de paz y de alegría, tuviésemos que vernos mezclados en un trozo de historia como aquél. Y entre sorbo y sorbo de café todavía me dijo que la historia valía más leerla en los libros que escribirla a cañonazos. Yo le escuchaba muy quieta porque veía a otro Cintet, y pensé que la guerra cambiaba a los hombres. Al acabar de tomar el café, todavía volvió a hablar del viaje a Cartagena en avioneta y dijo que había sido una cosa para contársela a los nietos; que tan pronto tenían debajo un campo de nubes como el campo todo azul del mar y dijo que el mar, visto desde arriba, es de muchos colores y con corrientes de agua en el agua, y que cuando les había entrado el pájaro dentro, había tenido que arrinconarse porque el viento tenía tanta fuerza que además de levantar el suelo le levantaba a él y todo. Y que el pájaro había quedado medio muerto panza arriba y que estiraba y encogía los deditos de las patas y que al lado del pico tenía la última saliva y los ojitos medio cerrados y como de vidrio. Y acabamos hablando del Mateu. Dijo que ni él ni el Quimet se atrevían a aconsejar al Mateu porque era un poco mayor que ellos, pero que en cuanto conocieron a la Griselda dijeron enseguida que la Griselda era una muñeca y que el Mateu era demasiado hombre para una muñeca. Y que la Griselda sólo le daría quebraderos de cabeza al Mateu. Pero éstas son cosas que se han de aprender a bastonazos y no con consejos. Todavía me preguntó por las palomas. Le dije que quedaban pocas y que eran muy salvajes. Le dije que les había dado cada día un ponedero a los basureros porque todos juntos el basurero no los habría querido. Le enseñé la habitación de las palomas, que ya había limpiado hacía tiempo. Todavía tenía tufo de paloma. Había tapado la trampilla desde el terrado con latas viejas y la escalera estaba tumbada en el suelo. Dijo, cuando hayamos ganado, pintaré esta habitación de color de rosa. Le pregunté que cuándo volvería y dijo que a lo mejor volvería cuando volviese el Quimet. Bajó las escaleras como un relámpago y mientras bajaba iba diciendo, adiós, adiós... Y cerró la puerta de la calle con un golpe muy fuerte. Volví al comedor, me senté delante de la mesa, y con la uña, me puse a sacar las migas de pan viejas que estaban metidas en una rendija muy grande. Y pasé un rato así. Hasta que llamaron y fui a abrir y era la señora Enriqueta con los niños, que se pusieron muy contentos con las naranjas.

XXX

Un día, por la mañana temprano, cuando iba a trabajar, oí que me llamaban desde un coche que pasaba. Me volví, el coche se paró, y, vestida de miliciana, saltó de él la Julieta, muy delgada, muy blanca de cara, con los ojos llenos de fiebre y cansados. Me preguntó que cómo estaba y yo le dije que muy bien, con el Quimet en el frente de Aragón; y me dijo que tenía que contarme muchas cosas, que si todavía vivía en el mismo piso y que el domingo, si yo quería, le gustaría pasar la tarde conmigo. Antes de volver a subir al coche me dijo que habían matado al pastelero en la Rabasada, los primeros días de la revolución, porque tenía unos grandes líos de familia, entre un sobrino al que protegía y otro sobrino al que no quería proteger porque era un sobrino gandul y este sobrino se ve que le había hecho matar como si fuese una mala persona y un traidor. Y me dijo que ella estaba enamorada de un muchacho que también andaba por el frente. Y se fue para el automóvil y yo me fui para mi trabajo.

Y llegó el domingo. Desde las tres la estaba esperando. La señora Enriqueta había venido a buscarme los niños y se los había llevado a su casa porque unos conocidos le habían regalado unas cuantas latas de mermelada de melocotón y les iba a dar de merendar. Yo le dije que tenía que quedarme porque iba a venir a verme la Julieta, que estaba encargada de unas colonias de niños refugiados, porque venían de toda España. Y la señora Enriqueta se fue con los niños y la Julieta vino y enseguida me dijo que tenía mucho miedo de que le mataran al novio y que si se lo mataban ella se tiraría al mar porque estaba muy enamorada, y que habían dormido una noche juntos sin que pasase nada; y que por eso estaba tan enamorada, porque era tan buen chico y le parecía que le quería como pocos saben querer. Habían pasado la noche juntos en una torre requisada donde él hacía guardia porque no sé de qué partido me dijo que era. Dice que llegó allí cuando ya estaba oscuro y era el mes de octubre y se encontró, al abrir la verja, que tuvo que abrir empujándola muy fuerte porque la última lluvia había amontonado arena detrás, con un jardín lleno de hiedra y bojes y cipreses y grandes árboles y el viento arrastraba las hojas de un lado para otro y de pronto ¡zas!..., una hoja en la cara, como un muerto que se levantara. Y la casa estaba toda rodeada de jardín, y entre las sombras y el ir y venir de las ramas y la casa con todas las persianas cerradas y aquel viento y las hojas paseándose y volando, andaba con el corazón encogido. Él le había dicho que la esperaría a la entrada de la verja, pero que si no estaba allí, que entrase enseguida al jardín porque era mejor que no la viesen los vecinos. Y él tardó y ella plantada allí, mientras se iba haciendo cada vez más oscuro y los cipreses temblando sin parar, columpiándose como la sombra de muchos muertos amontonados, los cipreses negros, que son árboles de cementerio. Dice que cuando él llegó todavía se asustó más porque no le veía la cara y no sabía si era él. Y enseguida entraron en la casa y la recorrieron con una linternita y olía a abandonado y los pasos resonaban como si otras personas también anduviesen por otras habitaciones y ella pensaba que a lo mejor eran las almas de los dueños de aquella casa, que les habían matado sin dejar uno ni para un remedio, y eso la aterrorizaba. Era una casa con grandes salones y cortinas y balcones anchos y techos muy altos y una sala con paredes de espejo donde ellos dos se veían de cara, de espalda y de lado y las sombras de ellos también bailaban y el foco de la linternita estaba por todas partes a su alrededor y la rama de un árbol, flic, flac, golpeaba en los cristales o los rozaba, según si el viento quería que los rozase o los golpease. Encontraron un armario de pared lleno de trajes de noche y de abrigos de piel y dice que ella no se pudo contener y se puso uno de aquellos vestidos, uno negro con tules que volaban como una nube y rosas amarillas en el pecho y en la falda y llevaba los hombros descubiertos y dice que él la miraba sin atreverse ni a hablar y entonces fueron a una galería cubierta llena de sofás y de cojines y se echaron y se abrazaron y escuchaban el viento que arrancaba las hojas y movía las ramas y pasaron la noche así: entre despiertos y dormidos, solos en el mundo, y la guerra y el peligro cerca, y salió la luna y todo lo rayó de blanco por entre las ballestas de las persianas. Parecía la primera y la última noche de todo y se marcharon antes de que fuese de día y todo el jardín era una lucha de ramas y de viento y las hiedras que colgaban parecía que estaban vivas y que iban hacia ellos y les buscaban la cara y ella se llevó aquel vestido porque creía que no era robar si los dueños estaban muertos y lo tenía metido en una caja y cuando se sentía triste se ponía el vestido un rato y cerraba los ojos y volvía a oír el viento de aquel jardín que no era como el viento de otros sitios. Y dijo que su novio era alto y delgado y con los ojos negros y brillantes como el carbón de antracita. Y que tenía los labios hechos para hablar bajito y dar tranquilidad. Y que ella, sólo con oírle la voz cuando le pasaba por los labios, veía el mundo diferente. Y si me lo matan, dijo. Si me lo matan... Le dije que me hubiera gustado mucho pasar una noche como aquella que ella había pasado tan enamorada, pero que yo tenía trabajo limpiando despachos y quitando el polvo y cuidando de los niños y que todas las cosas bonitas de la vida, como ahora el viento y las hiedras vivas y los cipreses taladrando el aire y las hojas de un jardín yendo de un lado para otro, no se habían hecho para mí. Que todo se había acabado para mí y que ya sólo esperaba tristezas y quebraderos de cabeza. Ella me animó, me dijo que no me acobardase porque el mundo iría mejor y todo el mundo podría ser feliz, porque habíamos venido a la tierra para ser felices y no para estar sufriendo siempre. Y que ella, sin la revolución, pobre y trabajadora como era, nunca habría tenido una noche de rico y de amor como la que tuvo. Pase lo que pase, ¡toda la vida tendré aquella noche!, con el miedo y todo y las hojas y la hiedra y la luna rayada y mi novio...

Cuando se lo conté a la señora Enriqueta se puso furiosa y dijo que esas muchachas de la revolución eran todas unas muchachas que no tenían vergüenza, que cuándo se había visto eso de pasar una noche en una casa donde a lo mejor habían matado a los dueños, sola con un muchacho y poniéndose vestidos de señora para encandilar al chico y acabar robándolos. Dijo que eran cosas que no se podían hacer ni en broma. Y dijo que los niños habían comido mucha mermelada y, mientras lo contaba, ellos estaban encaramados en una silla, delante del cuadro de las langostas con cabeza de persona que salían de aquel pozo lleno de humo. El trabajo que tuve para arrancarles de allí... Y cuando íbamos los tres por la calle, yo en el centro con un hijo a cada lado, sin saber por qué me subió desde adentro un chorro de pena caliente y se me atravesó en la garganta. Y en vez de pensar en el jardín y en las hiedras y en las rayas de la luna, me puse a pensar en el Ayuntamiento y ya está.

XXXI

Todas las luces eran azules. Parecía el país de las hadas y era bonito. En cuanto caía el día todo era de color azul. Habían pintado de azul los cristales de los faroles altos y los cristales de los faroles bajos y en las ventanas de las casas, oscuras, si se veía un poco de luz, enseguida pitos. Y cuando bombardearon desde el mar, mi padre murió. No por culpa de las bombas del bombardeo, sino porque, del miedo, se le paró el corazón y allí se quedó. Me costaba darme cuenta de que estaba muerto porque ya hacía tiempo que estaba medio muerto... Como si no fuese nada mío, ni nada que pudiera querer como mío, como si cuando se murió mi madre mi padre se hubiera muerto también. La mujer de mi padre vino a decirme que había muerto y que a ver si podía ayudarla algo para pagar el entierro. Hice lo que pude, que no era mucho, y cuando ella se fue, por un momento, sólo por un momento, de pie en medio de mi comedor, me vi pequeña con un lazo blanco en la cabeza, al lado de mi padre, que me daba la mano y andábamos por calles con jardines y siempre pasábamos por una calle de torres que tenía un jardín con un perro que, cuando pasábamos, se tiraba contra la verja y nos ladraba; por un momento me pareció que volvía a querer a mi padre o a parecerme que le había querido mucho tiempo. Le fui a velar y sólo le pude velar dos horas porque al día siguiente tenía que levantarme temprano para ir a limpiar despachos. Y a la mujer de mi padre puede decirse que no volví a verla nunca. Me llevé un retrato de mi padre que mi madre había llevado toda la vida en un medallón y se lo enseñé a los niños. Casi no sabían quién era.

Hacía tiempo que no sabía nada del Quimet ni del Cintet ni del Mateu, cuando un domingo se me presentó el Quimet con siete milicianos, cargado de comida y de miseria. Sucio y desastrado y todos los demás igual. Los siete se fueron y dijeron que vendrían al día siguiente por la madrugada a buscarlo. El Quimet me dijo que en el frente comían poco porque la organización fallaba y que estaba tuberculoso. Le pregunté si se lo había dicho al médico y me dijo que no necesitaba ir al médico para saber que tenía los pulmones llenos de cavernas y que no quería dar ningún beso a los niños para no pasarles los microbios. Le pregunté si se podría curar y me dijo que a su edad cuando se agarraba una cosa de éstas ya la tenías encima para toda la vida, que las cavernas se van ahondando y cuando tienes los pulmones como un colador, con la sangre que anda perdida y sale por la boca porque no sabe dónde meterse, entonces ya puedes preparar la caja. Y dijo que no sabía la suerte que tenía yo con tener tanta salud... Le conté que las palomas se habían escapado y que sólo quedaba una de aquellas de los lunarcitos, delgada como un alambre, que siempre volvía... Y dijo que si no fuera por la guerra ahora tendría una casita y la torre de las palomas llena de ponederos hasta arriba, pero añadió que todo se arreglaría y que, al venir, habían pasado por muchas masías que les habían dado huevos y verduras para que los llevasen a sus casas. Estuvo tres días con nosotros porque al día siguiente los siete milicianos le vinieron a decir que les habían dicho que se tenían que quedar. Y los tres días que estuvo en casa no paraba de decir que en ninguna parte del mundo se estaba mejor que en casa y que cuando se acabase la guerra se metería en casa como una carcoma dentro de la madera y que nadie volvería a sacarle de allí. Y mientras hablaba metía la uña en la rendija de la mesa y hacía saltar las cortecitas de pan que se metían allí y me extrañó mucho que hiciese una cosa que yo hacía a veces y que él no había visto nunca que la hacía.

Los pocos días que estuvo con nosotros dormía después de comer y los niños iban a su cama y dormían con él porque, como le veían poco, le querían mucho. No me gustaba nada tener que dejarles cada mañana para ir a limpiar despachos. El Quimet dijo que aquello de las luces azules le ponía de mal humor y que si algún día podía mandar, haría poner todas las luces rojas como si todo el país tuviese sarampión, porque él, dijo, también sabía bromear. Y que eso de las luces azules era una cosa que no servía para nada: que si querían bombardear bombardearían aunque las luces estuviesen pintadas de negro. Me di cuenta de que tenía los ojos muy hundidos como si los hubiesen empujado para acabarlos de meter adentro del todo. Cuando se fue me abrazó muy fuerte y los niños se lo comieron a besos y le acompañaron hasta abajo de la escalera y yo también, y cuando subíamos, cuando estuve en el rellano entre el primer piso

Perdida

y el mío, me paré y pasé el dedo por los platillos de las balanzas de la pared, y la niña me dijo que le dolía la cara porque la barba de su padre pinchaba.

La señora Enriqueta vino a verme, porque cuando sabía que el Quimet estaba en casa no se acercaba para no estorbar, y me dijo que era cosa de pocas semanas, que nosotros ya habíamos perdido. Dijo que cuando ellos se habían juntado ya era como si nosotros hubiéramos perdido y ellos hubiesen ganado y que sólo tenían que empujar. Y dijo que sufría mucho por nosotros porque si el Quimet se hubiese estado quietecito no nos pasaría nada, pero que de la manera que se había comprometido, vete a saber cómo acabaría. Lo que me dijo la señora Enriqueta se lo conté al tendero de abajo y me dijo que no me fiase de nadie. Y le dije a la señora Enriqueta que el tendero de abajo me había dicho que no me fiase de nadie y ella me dijo que el tendero de abajo hacía novenas para que perdiésemos, porque con la guerra ganaba poco aunque vendiese algo a escondidas y caro, además del racionamiento. Que el tendero de abajo sólo quería paz porque vender a escondidas le hacía vivir con el alma en vilo y que el caso era acabar como fuese, pero acabar. Y el tendero de abajo me decía que la señora Enriqueta sólo vivía pensando en los reyes. Y la Julieta volvió a venir y me dijo que los viejos eran los que estorbaban, que todos pensaban al revés y que la juventud quería vivir sanamente. Y dijo que vivir sanamente está mal visto por según qué clase de personas y que si quieres vivir sanamente se te echan encima como ratas venenosas, y te cogen y te hacen meter en la cárcel.

Le hablé de los niños y le dije que cada día tenían menos que comer y que no sabía lo que hacer y que si me cam

Hambre

biaban al Quimet de frente, como había dicho que podía ocurrir, todavía lo veía menos a menudo y no podría traerme las pocas provisiones que nos traía y que nos ayudaban mucho. Me dijo que ella podría meterme al niño en una colonia, que la niña no me lo aconsejaba porque era una niña, pero que al niño hasta le sentaría bien tratar con otros niños y que eso le prepararía mucho para la vida. Y el niño, que nos estaba escuchando, cogido de mis faldas, dijo que no se quería mover de casa aunque no pudiese comer nada... Pero encontrar comida me resultaba tan difícil que le dije que no había otro remedio, que sería una temporada corta y que vería cómo le gustaba poder jugar con niños como él. Tenía en casa dos bocas abiertas y no tenía nada con que llenarlas. No se puede contar lo tristemente que lo pasábamos: nos metíamos temprano en la cama para no acordarnos de que no teníamos cena. Los domingos no nos levantábamos para no tener tanta hambre. Y en un camión que hizo venir la Julieta, se llevaron al niño a la colonia, después de haberle convencido con buenas palabras. Pero él se daba cuenta de que le engañábamos. Se daba más cuenta que yo de que le engañaban. Y cuando hablábamos de llevarle a la colonia antes de llevarle, bajaba la cabeza y no abría la boca, como si los mayores no existiésemos. La señora Enriqueta le prometió que iría a verle. Yo le dije que iría cada domingo. El camión salió de Barcelona con nosotros arriba y una maleta de cartón atada con una cuerda, y entró por la carretera blanca que llevaba al engaño.

167

XXXII

Subimos por una escalera de piedra, muy estrecha, con los
escalones muy altos, entre paredes y con techo, y fuimos a
salir a una terraza toda llena de niños. Llevaban la cabeza
afeitada, todos tenían la cabeza llena de bultos y sólo se
les veían los ojos. Gritaban y corrían y, al vernos, callaron
unos después de otros y nos miraban como si no hubiesen visto nunca otras personas en el mundo. Una profesora joven se nos acercó y nos hizo entrar en un despacho y
tuvimos que atravesar toda la terraza y pasar por en medio
de los niños. La profesora nos hizo explicar y la Julieta le
enseñó un papel y le dijo que, como yo no tenía comida,
quería dejar al niño allí porque, por lo menos, comería.
La profesora le miró y le preguntó si quería quedarse; y el
niño ni palabra; entonces ella me miró y yo la miré y dije
que habíamos hecho el viaje para llevar al niño a la colonia y que ya que le habíamos traído se tenía que quedar;
y la profesora dijo, mirándome a los ojos pero con una mirada dulce, que todos aquellos niños acababan de llegar y que
a lo mejor a mi niño aquello no le gustaría, que no parecía
un niño para aquella casa. Le volvió a mirar y me di cuen-

ta enseguida de que le miraba y le veía como era: como una flor. Tanto que me había hecho sufrir los primeros meses de vida y parecía mentira cómo se había hecho una preciosidad y con una onda de pelo sobre la frente, brillante como agua negra, y unas pestañas de artista. Y la piel de seda: los dos. Lo mismo el Antoni que la Rita. No eran como antes de la guerra, claro, pero todavía eran guapos. Y dije que le dejaba, y eché a andar con la Julieta hacia la puerta y entonces el niño se me echó encima como una fiera desesperada y lloraba a lágrima viva y gritaba que no le dejase, que quería estar en casa, que las colonias no le gustaban, que no le dejase y que no le dejase. Y yo tuve que hacer de tripas corazón y le aparté y le dije que no exagerase más, que se tenía que quedar y que se quedaría. Que allí estaría muy bien y que enseguida haría amigos y jugaría con los otros niños y él dijo que ya los había visto, que todos eran malos y le pegarían, y que no se quería quedar. La Julieta ya se estaba ablandando, y yo seguía dura. Y la profesora tenía gotitas de sudor en la frente, y la Rita agarrada a la mano de la Julieta dijo que quería al Antoni. Entonces me acurruqué delante del niño y le expliqué muy claro que no podía ser, que no teníamos para comer, que si se quedaba en casa nos moriríamos todos. Que estaría allí poco tiempo, el tiempo que las cosas tardasen en ponerse mejor y que se pondrían mejor enseguida... Y él, con los ojos bajos y la boca apretada y las manos colgando; y cuando ya creía que le había convencido y empezábamos a salir, volvió a las mismas. Arrancó hacia mí y agarrado a la falda y no me dejes, no me dejes, que me moriré y todos me pegarán, y yo que no se moriría y que no le pegarían, y salimos a escape, yo arrastrando a la niña y la Julieta delante y atravesamos aquella nube de niños pelados y antes de bajar la escalera me volví a mirar y le vi de pie, al otro lado de la terraza, de la mano de la profesora, sin llorar y con cara de viejo.

La Julieta dijo que ella no habría podido hacerlo y el chófer que era amigo de la Julieta preguntó que cómo había ido y yo se lo conté y volvimos para Barcelona sin hablar como si entre todos hubiésemos hecho una cosa fea. A medio camino se puso a llover y la varita iba de un lado para otro, limpia que limpia, y como un río de llanto el agua resbalaba cristal abajo.

La señora Enriqueta iba a ver al niño cada domingo y cuando volvía siempre decía, bien…, bien…Yo no tenía tiempo de ir. La Rita podía comer un poco más, pero en los ojos se le veía que echaba de menos al Antoni y tampoco hablaba. Cuando volvía a casa siempre la encontraba donde la había dejado. Si era de noche, al lado del balcón. Si habían tocado las sirenas, al lado de la puerta del piso, con los labios temblando, pero sin decir nada. Como un bofetón. Como dos bofetones. Hasta que un miliciano llamó a la puerta para decirme que el Cintet y el Quimet habían muerto como unos hombres. Y me dio todo lo que quedaba del Quimet: el reloj.

Y subí a la azotea a respirar. Me acerqué a la barandilla que daba a la calle y me quedé allí quieta un rato. Hacía viento. Los alambres de tender la ropa, enmohecidos de tanto no usarlos, se balanceaban, y la puerta de la buhardilla, pam, pam… Fui a cerrarla. Y allí dentro, en el fondo, patas arriba, estaba una paloma, aquella de los lunares. Tenía las

plumas del cuello mojadas por el sudor de la muerte y los
ojitos legañosos. Huesos y plumas. Le toqué las patas, sólo
pasarle el dedo por encima, dobladas hacia atrás, con los
deditos haciendo gancho. Ya estaba fría. Y la dejé allí, que
había sido su casa. Y cerré la puerta. Y volví al piso.

XXXIII

Cuando alguna vez había oído decir: esta persona es como de corcho, no sabía lo que querían decir. Para mí, el corcho era un tapón. Si no entraba en la botella después de haberla destapado, lo afilaba con un cuchillo como si hiciese punta a un lápiz. Y el corcho chirriaba. Y costaba de cortar porque no era ni duro ni blando. Y por fin entendí lo que querían decir cuando decían que una persona era de corcho..., porque yo era de corcho. No porque fuese de corcho sino porque me hice de corcho y el corazón de nieve. Tuve que hacerme de corcho para poder seguir adelante, porque si en vez de ser de corcho con el corazón de nieve, hubiese sido como antes, de carne que cuando la pellizcas te duele, no hubiera podido pasar por un puente tan alto y tan largo. Metí el reloj en un cajón y pensé que sería para el Antoni cuando fuese mayor y no quería pensar en que el Quimet estaba muerto. Quería pensar que era como siempre: que estaba en la guerra y que cuando se acabase la guerra volvería con su dolor en la pierna y todo lleno de agujeros dentro de los pulmones y que el Cintet vendría a vernos con los ojos desorbitados, aquellos ojos pasmados de tan quie-

Luto

tos, y con la boca torcida. Por la noche, si me despertaba me sentía por dentro como una casa cuando vienen los hombres de la mudanza y lo sacan todo de su sitio. Así estaba yo por dentro: con los armarios en el recibidor y las sillas patas arriba y las tazas por el suelo a punto de envolverse en papel y de meterlas en una caja con paja y el somier y la cama desarmados contra la pared y todo manga por hombro. Me puse de luto como pude, porque por el Quimet respetaba el luto, así como no lo respeté por mi padre, con la excusa de que todo estaba demasiado revuelto para pensar en lutos y en cosas de ésas. Y andaba por las calles, sucias y tristes de día, oscuras y azules por la noche, toda de negro y, arriba de todo, como una mancha blanca, la cara que se me estaba haciendo pequeña.

La Griselda vino a verme. A darme el pésame, dijo. Llevaba unos zapatos de piel de serpiente, el portamonedas igual, y un vestido blanco con flores rojas. Me dijo que tenía noticias del Mateu, que estaba bien, porque aunque cada uno viviese su vida, habían quedado amigos por respeto a la niña. Que nunca se habría podido pensar que el Quimet y el Cintet, tan chavales, pudiesen morir. Estaba más guapa que nunca: más fina, más blanca de piel, con más agua verde en los ojos, más tranquila, más como esas flores que por la noche se cierran para dormir. Le conté que tenía al niño en una colonia de niños refugiados y me miró con aquellos ojos de menta y dijo que le compadecía, que no me lo decía para asustarme, pero que eso de las colonias era una cosa muy triste.

Y sí. La Griselda tenía razón: la colonia era una cosa muy triste… Cuando se acabó el tiempo que el niño tenía que estar allí, la Julieta fue a buscarle. Era otro niño. Me había hecho un cambio. Estaba hinchado, ventrudo, con los carrillos redondos, y con dos huesos por piernas, quemado del sol, con la cabeza pelada, llena de costras, y con un ganglio en el cuello. Ni me miró. Se fue enseguida al rincón de sus juguetes y los tocó con la punta del dedo como yo había hecho con los deditos de la paloma de los lunares, y la Rita le dijo que no le había estropeado nada. Y mientras ellos dos estaban con los juguetes, la Julieta y yo nos mirábamos y oímos que la Rita le decía que su padre se había muerto en la guerra, que todo el mundo se moría en la guerra y que la guerra era una cosa que mataba a todo el mundo. Le preguntó si en la colonia se oían las sirenas... La Julieta, antes de dejarnos, dijo que procuraría llevarme botes de leche y de carne en conserva. Y aquel día, para cenar, comimos entre los tres una sardina y un tomate enmohecido. Y si hubiésemos tenido gato, no habría podido encontrar las espinas.

Y dormimos juntos. Yo en el centro y un niño a cada lado. Si teníamos que morir, moriríamos así. Y si por la noche había alarma, y las sirenas nos despertaban, no decíamos nada. Nos quedábamos quietos, sólo escuchando, y cuando tocaban la sirena de acabado el peligro, dormíamos si podíamos pero no sabíamos si estábamos dormidos porque no hablábamos nunca.

El último invierno fue el más triste. Se llevaban a los muchachos de dieciséis años. Y las paredes estaban llenas de carteles y yo, que no había entendido aquel cartel que decía que teníamos que hacer tanques, y que nos había hecho reír tanto a la señora Enriqueta y a mí, cuando veía algún trozo por alguna pared, ya no me daba risa. Había hombres muy mayores que aprendían a hacer la guerra por las calles. Jóvenes y viejos, todo el mundo a la guerra, y la guerra les chupaba y les daba la muerte. Muchas lágrimas, mucho mal por dentro y por fuera. Alguna vez pensaba en el Mateu. Le veía de pie en el pasillo, como si fuese de verdad, tan de verdad que me asustaba, con sus ojos azules, tan enamorado de la Griselda y sin la Griselda que quería a otro. Y aquella voz del Mateu cuando me dijo que tenían que ir allá todos. Y todos se iban quedando allá como ratas en la ratonera. No hay más remedio. No hay más remedio. Antes de venderme las dos monedas de mosén Joan, me lo vendí todo: las sábanas bordadas, la mantelería buena, los cubiertos..., me lo compraban las que trabajaban conmigo en el Ayuntamiento y después lo vendían ellas y hacían negocio. Con muchos esfuerzos apenas podía comprar para comer, porque casi no tenía dinero y porque no había comida. La leche no era leche, la carne era de caballo, decían.

Y empezaron a marcharse. El tendero de abajo decía: mira, mira, tantos periódicos y tantos carteles..., hala..., hala..., a correr mundo. Y el último día hacía viento y hacía frío y el viento hacía volar los papeles desgarrados que llenaban las calles de manchas blancas. Y el frío dentro del cuerpo era un frío que no se acababa nunca. No sé cómo vivimos aquellos días. Entre el tiempo de marchar los unos y de entrar los otros, me encerré en el piso. La señora Enriqueta me llevó unas cuantas latas de un almacén de por allí cerca que los vecinos habían asaltado. No sé quién me dijo que daban de comer no sé dónde y fui allí. No lo sé. Cuando volví, el tendero estaba en la puerta y no me saludó. Por la tarde fui a ver a la señora Enriqueta y me dijo que ya habíamos dado un paso adelante y que estaba segura de que volveríamos a tener rey. Y me dio media escarola. Y vivíamos. Todavía vivíamos. Y yo no sabía nada de lo que pasaba hasta que un día la señora Enriqueta vino a decirme que sabía de cierto que habían fusilado al Mateu en medio de una plaza y cuando le pregunté que en qué plaza porque no sabía qué decir, dijo que en medio de una plaza, pero que no sabía en qué plaza, sí, sí, te lo puedes creer, los fusilan a todos en medio de una plaza. Y la pena grande no me salió de dentro hasta al cabo de cinco minutos y dije bajito como si se me acabase de morir el alma dentro del corazón, eso no..., eso no... Porque no podía ser que al Mateu lo hubiesen fusilado allá en medio de una plaza. ¡No podía ser!, ¡no podía ser! Y la señora Enriqueta me dijo que si hubiese sabido que me lo iba a tomar tan a la tremenda, que me había quedado sin sangre en la cara, no me habría dicho nada.

Sin trabajo, sin nada que hacer, acabé de venderme todo lo que tenía: mi cama de soltera, el colchón de la cama de las columnas, el reloj del Quimet que quería darle al niño cuando fuese mayor. Toda la ropa. Las copas, las jícaras, el aparador... Y cuando ya no me quedaba nada, aparte de aquellas monedas que me parecían sagradas, agarré la vergüenza por el cuello y me fui a casa de mis antiguos señores.

escarola = planta cuello alechugado

XXXIV

Otra vez tuvo un tranvía que parar en seco cuando crucé la calle Mayor; el conductor me regañó y vi gente que se reía. Me paré en la tienda de los hules haciendo que miraba, porque a decir verdad debo decir que no veía nada: sólo manchas de colores, sombras de muñeca... Y de la puerta salía aquel olor antiguo de hule que se me metía por la nariz hasta el cerebro y me lo enturbiaba. El tendero de las arvejas tenía la tienda abierta. Una criada barría la calle delante de la pensión de la esquina, y, en el bar, habían puesto un toldo de otro color y volvían a tener tiestos con flores. Fui hasta la puerta del jardín, y, sin darme cuenta, tiré de la puerta por la cerradura y tuve que hacer un esfuerzo; siempre había costado abrirla, pero con el tiempo que había pasado todavía costaba más. Por fin pude abrirla un poco, y, por la rendija, metí la mano para sacar la cadena de delante... y de repente me lo pensé y retiré la mano y volví a cerrar la puerta, que se arrastraba mucho por el suelo, y toqué el timbre. Enseguida se asomó el señor del guardapolvo en la galería, miró y vino a abrir.

—Diga.

Dijo, diga, con una voz más seca que un latigazo. Oí
que andaban sobre la arena y era la señora que venía a ver
quién había llamado. En cuanto la señora se acercó, el señor
nos dejó solas y se fue para dentro. Y la señora y yo también
fuimos jardín adelante y en el patio de cemento nos para-
mos. El niño estaba metido dentro del lavadero, que estaba
vacío, y con una rasqueta iba raspando la espuma verde del
jabón. No me reconoció. Dije a la señora que buscaba trabajo, que había pensado que a lo mejor ellos..., y el señor
que debió de oírme salió y dijo que no tenían trabajo para
nadie, que quien quisiese trabajo que subiese aquí arriba y
que ellos habían perdido mucho y que tenían que recupe-
rar lo que habían perdido y que los de la revolución, a freír
espárragos. Y que no estaban para compromisos, que no querían pobretería en su casa, que preferían tener la casa sucia
a tener que tratar con pobretería. La señora le dijo que se
calmase y dijo, mirándome, que todo aquello de la guerra
le había atacado a los nervios y que por cualquier cosa se
ponía por las nubes..., pero que era verdad que tenían que hacer ahorros, y si no que mirase al niño, pobrecito, que tenía
que limpiar el lavadero, que la cosa no estaba para tener inte-
rinas. Y cuando les dije que el Quimet había muerto en la
guerra, el señor dijo que lo sentía mucho pero que él no
le había mandado ir. Y dijo que yo era roja, y dijo, ¿comprende usted?, una persona como usted más bien nos com-
promete, nosotros no tenemos ninguna culpa, y la señora
me acompañó, y cuando estuvimos al lado del surtidor se
detuvo y dijo que ahora le salía el cardenal, quería decir a
su yerno, porque aquello de que le paseasen de momento
se lo tragó, pero después no había podido acabar de pasar-

lo y más bien le había quedado como una especie de res-
quemor, y me dijo que, también a ellos, les hacía padecer
mucho. Salí a la calle y le ayudé a cerrar la puerta empujan-
do desde la calle con una rodilla y ella decía que la madera
se había hinchado con la lluvia y que por eso se arrastraba.
Me paré delante del tendero de las arvejas para respirar un
momento; la tienda estaba medio vacía y no había sacos
en la calle. Seguí adelante y en la tienda de los hules me paré
a mirar las muñecas y un oso pequeño de peluche blanco
con la parte de dentro de las orejas de terciopelo negro, y
llevaba un mono también de terciopelo negro. Cinta azul
en el cuello. La punta de la nariz de terciopelo negro. Me
miraba. Estaba sentado a los pies de una muñeca muy rica.
Tenía los ojitos de color de naranja y la niña brillante y oscura como un pozo; y con los brazos abiertos, y las plantas
de los pies blancas, parecía un pasmarote. Me encandilé tanto que no me acuerdo del tiempo que pasó hasta que me
sentí muy cansada y en el momento en que iba a cruzar la
calle Mayor, cuando ya había puesto un pie abajo de la acera y todavía tenía el otro encima del bordillo, en pleno día
y cuando ya no había luces azules, las vi. Y caí al suelo como
un saco. Y cuando subía las escaleras de casa y me paré a respirar al pie de las balanzas, no me acordaba de lo que me
había ocurrido, como si el tiempo que había pasado entre
poner un pie en la calle y llegar a las balanzas fuese un tiempo que no hubiera vivido nunca.

La señora Enriqueta me encontró una portería para ir
a fregar la escalera los sábados, y dos mañanas cada semana
iba a limpiar una sala donde hacían películas de todas las
cosas que pasan por el mundo. Pero todo junto era como

un grano de arena tirado en el suelo. Y una noche, con la Rita a un lado y Antoni al otro, con las varillas de las costillas que les agujereaban la piel y con todo el cuerpo lleno del dibujo de las venas azules, pensé que los mataría. No sabía cómo. A puñaladas no podía ser. Taparles los ojos y tirarles por el balcón no podía ser… ¿Y si sólo se rompían una pierna? Tenían más fuerza que yo, más fuerza que un gato seco. No podía ser. Me dormí con la cabeza que se me partía y con los pies como de hielo. Y vinieron unas manos. El techo de la habitación se hizo blando como si fuese de nubes. Eran unas manos de algodón, sin huesos. Y mientras bajaban se hacían transparentes, como mis manos, cuando, de pequeña, las miraba contra el sol. Y esas manos que salían del techo juntas, se separaban mientras bajaban, y los niños, mientras las manos bajaban, ya no eran niños. Eran huevos. Y las manos cogían a los niños todos hechos de cáscara y con yema dentro, y los levantaban hasta muy alto y los empezaban a sacudir. Al principio sin prisa y enseguida con rabia, como si toda la rabia de las palomas y de la guerra y de haber perdido se hubiese metido en aquellas manos que sacudían a mis hijos. Quería gritar y la voz no me salía. Quería gritar que viniesen los vecinos, que viniese la policía, que viniese alguien a llevarse aquellas manos y cuando ya tenía el grito a punto de salir, lo pensaba y dejaba el grito dentro porque la policía me habría cogido a mí porque el Quimet había muerto en la guerra. Aquello tenía que acabarse. Tenía que buscar el embudo. Ya hacía dos días que no habíamos probado nada. Ya hacía tiempo que me había vendido las dos monedas de mosén Joan, me las vendí como si me arrancasen a lo vivo todos los dientes de la boca. Todo se había acabado. ¿Dónde estaba el embudo? ¿Dónde lo había puesto? Entre las cosas que había ido vendiendo estaba segura de que no estaba el embudo. ¿Dónde estaba, dónde? Después de mucho buscar y de mucho dar vueltas lo encontré boca abajo encima del armario de la cocina. Encaramada en una silla lo encontré allí, esperándome. Boca abajo y cubierto de polvo. Lo cogí no sé por qué, lo limpié y lo guardé dentro del armario. Sólo tenía que comprar el agua fuerte. Cuando durmieran, primero a uno y después a otro, les metería el embudo en la boca y les echaría el agua fuerte dentro y después me lo echaría yo y así acabaríamos y todo el mundo estaría contento, que no habíamos hecho mal a nadie y nadie nos quería.

XXXV

No tenía ni cinco céntimos para ir a comprar el agua fuerte. El tendero de abajo ni me miraba y yo creo que no era porque él fuese malo sino porque le daba miedo, con tantos milicianos que habían venido a casa. Y como una iluminación me acordé del tendero de las arvejas. Iría con la botella, pediría el agua fuerte y al ir a pagar abriría el portamonedas y diría que me había dejado el dinero en casa, que ya lo pagaría mañana. Salí de casa sin portamonedas y sin botella. No me vi con valor. Salí, no sé a qué. Por salir, nada más. Los tranvías corrían sin cristales, con rejilla de mosquitos. La gente iba mal vestida.

Todo estaba todavía como cansado por una gran enfermedad. Y empecé a andar por las calles, así, mirando a las gentes que no me veían y pensando que no sabían que quería matar a mis hijos quemándolos por dentro con agua fuerte. Y empecé a seguir, sin darme cuenta de que la seguía, a una señora muy gorda y con mantilla que llevaba dos velas envueltas hasta la mitad con papel de periódico. Estaba nublado y sereno. Cuando salía un rayo de sol, la mantilla de la señora brillaba y la trasera del abrigo de la señora también brillaba y era de color de ala de mosca como la sotana de mosén Joan. Un señor que venía de frente saludó a la señora y se pararon un momento y yo hice como que miraba un escaparate y veía la cara de la señora dentro de la luna y era una cara con carrillos de perro y la señora se puso a llorar y al mismo tiempo levantó un poco el brazo y enseñó las velas a aquel señor y se dieron la mano y cada uno se fue por su camino y yo volví a seguir a la señora porque me hacía compañía el mirarla y el mirar la mantilla que al andar se le hinchaba un poco por cada lado. Estuvo mucho rato sin salir el sol y todo se fue oscureciendo y comenzó a lloviznar; ya, antes de llover, una acera estaba llena de humedad y la otra seca. La lluvia las puso enseguida iguales. La señora de las velas llevaba paraguas y lo abrió, enseguida se le puso brillante y de la punta de las varillas pronto empezaron a caer gotas de lluvia. Había una gota que siempre le caía en medio de la espalda como si siempre fuese la misma, y resbalaba hacia abajo poco a poco. A mí se me iba mojando el pelo y aquella señora andaba, andaba, como un escarabajo, decidida y tozuda, y yo detrás de ella hasta que llegó ante una iglesia y cerró el paraguas, que era de hombre, y se lo colgó al brazo. En aquel momento vi a un muchacho sin pierna que venía hacia mí y se detuvo delante de mí y me preguntó que cómo estaba, y yo, aunque me parecía que le conocía, no sabía quién era y preguntó cómo estaba mi marido y me dijo que él, ahora, tenía una tienda propia y que había hecho la guerra en el otro lado y que eso le daba muchas facilidades para vivir, y yo sin acabar de conocerle, aunque sabía que le conocía, y me dio la mano y se fue después sin decirme que sentía mucho la muerte de mi marido; y cuando debía de estar a unos cincuenta pasos, supe, como si me hubiesen soplado la verdad dentro, que era el aprendiz que había tenido el Quimet y que para tan poca cosa le había servido.

Y la señora del paraguas de hombre y de las velas estaba en el portal de la iglesia buscando el portamonedas para darle una limosna a una pobre, vestida de harapos, con un niño medio desnudo colgado del cuello, y a la señora le costaba mucho abrir el portamonedas, entre las velas y el paraguas, porque una varilla se le había enganchado en la vuelta del bolsillo y el poco de aire que le echaba la mantilla a un lado de la cara le debía estorbar la vista. Cuando dio la limosna se metió en la iglesia por la puertecita pequeña y yo, sin saber lo que hacía, también me metí dentro. La iglesia rebosaba de gente y el cura corría de un lado para otro, con dos monaguillos para servirle, con los roquetes almidonados acabados en una punta almohadillada de un palmo de ancha. La casulla del cura era blanca, de seda con ramos, toda rodeada de un entredós dorado, y en el medio tenía una cruz de pedrería clara; y entre los brazos de la cruz, en la juntura, salían rayos de luz roja, que querían ser luz y parecían sangre. Me fui acercando al altar mayor. No había entrado en una iglesia desde el día en que me casé. De las ventanas estrechas y altas, algunas con los cristales rotos y dejando ver a trozos el cielo nublado, caían manchas de colores, y el altar mayor, todo lleno de lirios de San Antonio, con la rama y las hojas de la rama de oro fino, era un grito de oro que subía hasta arriba, llevado hasta lo alto por todas las columnas, hasta las agujas del techo, que recogían el grito y lo mandaban al cielo. La señora del paraguas de hombre encendía las velas y mientras las encendía y mientras las colocaba, la mano le temblaba. Cuando las puso se santiguó y se quedó de pie, como yo. La gente se arrodillaba y yo, viéndoles a todos arrodillados, no me acordé de arrodillarme y la señora también estaba de pie, a lo mejor porque no se podía arrodillar, y vino el incienso y mientras el incienso se esparcía, vi las bolitas encima del altar. Una montaña de bolitas un poco hacia un lado del altar, junto a un ramo de lirios de San Antonio, y la montaña de bolitas iba creciendo; las unas nacían al lado de las otras, como burbujas de jabón, muy apretadas, muy apelotonadas, unas encima de otras, y toda aquella montaña de bolitas subía arriba, arriba y a lo mejor el cura también las vio porque abrió un momento los brazos con las manos cerca de la cabeza, como queriendo decir, María Santísima, y yo miré a la gente, me volví para mirar a los que estaban detrás de mí, hasta el fondo de la iglesia, y todos tenían la cabeza agachada y no podían ver las bolitas, tan cerca las unas de las otras que ya se desparramaban por el altar, que pronto llegarían al lado de los monaguillos que rezaban. Y aquellas bolitas, de color de uva blanca, se iban rosando poco a poco y se hacían encarnadas. Cada vez más de luz. Cerré los ojos un poco para descansarlos y para saber a oscuras si era verdad lo que veía, y cuando los volví a abrir las bolitas se habían hecho más de luz. Todo un lado de la montaña ya era rojo. Aquellas bolitas eran como los huevos de los peces, como los huevos que hay en aquella bolsita que tienen dentro los peces, que se parece a la casa de los niños cuando nacen, y aquellas bolitas nacían en la iglesia como si la iglesia fuese el vientre de un gran pez. Y si aquello seguía mucho rato, toda la iglesia se llenaría enseguida de bolitas que taparían la gente y las sillas y los altares. Y se empezaron a oír unas voces que venían de lejos, como si viniesen del gran pozo de la pena, como si saliesen medio apagadas de gargantas cortadas, de labios que no podían decir palabras y toda la iglesia se quedó como muerta: el cura quieto en el altar, con la casulla de seda y la cruz de sangre y de pedrería, la gente manchada por las sombras de colores de los cristales de las ventanas estrechas y altas. Nada vivía: sólo las bolitas que se iban extendiendo, ya hechas de sangre y con olor de sangre, con olor de sangre que disipaba el olor a incienso. Sólo olor de sangre que es olor de muerte y nadie veía lo que yo veía porque todo el mundo tenía la cabeza baja. Y por encima de las voces que venían de lejos y que no se entendía lo que decían, se levantó un canto de ángeles, pero un canto de ángeles furiosos que reñían a la gente y les contaban que estaban delante de las almas de todos los soldados muertos en la guerra y el canto decía que viesen el mal que Dios hacía derramar por el altar; que Dios les enseñaba el mal que se había hecho para que todos rezasen para acabar con el mal. Y vi a la señora de las velas que también estaba de pie porque seguramente no se podía arrodillar, y tenía los ojos que le saltaban de la cara y nos miramos y nos quedamos un rato pasmadas mirándonos, porque ella también debía de ver a los soldados muertos, ella también les veía, me lo decían sus ojos de persona a quien le han matado a alguien con bala y en medio de un campo; y asustada por los ojos de la señora salí tropezando con la gente arrodillada y fuera caía una lluvia fina como cuando había entrado. Y todo seguía igual.

Y arriba, yo arriba, arriba, Colometa, vuela, Colometa... Con la cara como una mancha blanca sobre el negro del luto..., arriba, Colometa, que detrás de ti está toda la pena del mundo, deshazte de la pena del mundo, Colometa. Corre, deprisa. Corre más deprisa, que las bolitas de sangre no te paren, que no te atrapen, vuela arriba, escaleras arriba, hasta tu azotea, hasta tu palomar... vuela, Colometa. Vuela, vuela, con los ojos redonditos y el pico con los agujeritos de la nariz arriba..., y corría para mi casa y todo el mundo estaba muerto. Estaban muertos los que habían muerto y los que habían quedado vivos, que también era como si estuvieran muertos, que vivían como si les hubieran matado. Y subí la escalera con los pulsos taladrándome los lados de la frente y abrí la puerta, y no encontraba la cerradura para meter la llave, y cerré la puerta y me quedé quieta, de espaldas, respirando como si me ahogase, y vi al Mateu que me daba la mano y decía que no había otro remedio...

XXXVI

Salí de casa con el portamonedas en la mano, un portamonedas pequeño, sólo para las monedas, y el cesto con la
botella. Bajé la escalera como si fuese una escalera que acabase muy lejos y al final estuviese el infierno. Hacía años
que no la habían pintado. Y si se llevaba un vestido oscuro
y rozaba la pared, la pared lo encalaba. Hasta donde llegaba el brazo estaba lleno de dibujos, de monigotes y de nombres; todo medio borrado. Sólo se veían claras las balanzas,
porque el que las había dibujado las había marcado muy
hondo. El pasamanos estaba húmedo y pegajoso. Había llovido toda la noche. Como en la escalera de enfrente del
armario de la casa de mis señores, la escalera, hasta el primer piso, era de pinyonet. Desde el primer piso hasta el mío
era de baldosines rojos con los bordillos de madera. Me senté en el suelo. Era muy temprano y no se oía ningún ruido.
Miré la botella, y a la luz mezquina de la escalera, brillaba,
y pensé en las cosas que había visto el día anterior y pensé
que lo debía de hacer la debilidad, y pensé que me gustaría bajar la escalera botando como una pelota, abajo, abajo...
y ¡pam! Abajo del todo. Me levanté y me costó levantarme.

Las bisagras se me habían enmohecido. Cuando las bisagras se enmohecen, decía mi madre, adiós muy buenas. Me costó levantarme y acabé de bajar el trozo de escalera con mucho miedo de resbalar, bien agarrada a la barandilla. La escalera olía a plumas. Las había en un cubo de basura, a la entrada. Allí estaba un hombre que hurgaba en todos los cubos... El día anterior, mientras corría hacia mi casa, pensé por un momento que a lo mejor podría pedir limosna. Hacer como aquella mujer de la puerta de la iglesia que pidió limosna a la señora del paraguas de hombre. Podría ir con los niños y pedir limosna..., hoy una calle, mañana otra..., hoy una iglesia, mañana otra..., por el amor de Dios..., por el amor de Dios... El hombre que buscaba en los cubos debía de haber encontrado algo; abrió el saco y metió aquello que debía de haber encontrado dentro del saco. Había un cubo cubierto de serrín mojado. A lo mejor tenía debajo alguna cosa buena, como un mendrugo de pan..., pero ¿qué es un trozo de pan para acabar con toda el hambre?... Para comer hierba hacía falta la fuerza de ir a buscarla y la hierba no es nada al fin y al cabo... Había aprendido a leer y a escribir y mi madre me había acostumbrado a llevar vestidos blancos. Había aprendido a leer y a escribir y vendía pasteles y caramelos y chocolatinas macizas y chocolatinas huecas con licor dentro. Y andaba por la calle como una persona entre las otras personas. Había aprendido a leer y a escribir y había servido y había ayudado... Me cayó una gota desde un balcón, redonda, sobre la nariz. Crucé la calle Mayor. Dentro de algunas tiendas empezaban a haber cosas que se vendían; y en la calle había gente que entraba en aquellas pocas tiendas y que podía comprar. Y pensaba en estas cosas para distraerme, para no pensar en la botella del cesto, brillante y verde. Y lo iba mirando todo como si no lo hubiera visto nunca; a lo mejor al día siguiente ya no podría mirarlo, no soy yo la que mira, no soy yo la que habla, no soy yo la que ve. Al día siguiente nada, ninguna cosa, ni bonita ni fea, se me pondría delante de los ojos. Todavía se me ponían las cosas delante, todas se me paraban enfrente de los ojos como si antes de morir quisieran vivir en ellos para siempre. Y el cristal de mis ojos lo cogía todo. En la tienda de los hules ya no estaba el oso y cuando vi que ya no estaba me di cuenta de que tenía muchas ganas de verlo, con la cinta azul y sentado como un tonto... Llevaba dentro de la nariz el olor a plumas de las basuras de la entrada y ahora se mezclaba con el olor de los hules de la perfumería y vino una oleada de olor de jabones y de agua de colonia de la buena. Poco a poco me acercaba a la tienda de las arvejas. No había ningún saco en la calle. A aquella hora, en casa de mis antiguos señores, la señora preparaba los almuerzos y el niño, en el patio, jugaba a los bolos. Las paredes del sótano, con la llovizna, se iban empapando y juntaban pelusa de humedad con pelusa de humedad que parecía sal y brillaba. El tendero estaba detrás del mostrador. Estaban allí dos criadas y una señora. A una de las criadas me pareció que la conocía de vista. El tendero despachó a las dos criadas y a la señora, y a mí las piernas me dolían de estar de pie. Cuando llegó mi vez entró otra criada. Puse la botella encima del mostrador y dije: agua fuerte. Y a la hora de pagar, cuando todavía salía un poco de humo por el cuello de la botella, entre el cristal y el tapón, abrí el portamonedas, y haciendo como que me quedaba sorprendida, dije que me había dejado el dinero en casa. El tendero me dijo que no tenía importancia, que no fuese expresamente a pagarle, que ya le pagaría cuando pasase otro día, en cualquier momento, cuando me viniese bien. Me preguntó por mis señores y le dije que ya hacía tiempo que no trabajaba con ellos, desde el principio de la guerra; y dijo que él también había hecho la guerra y que si volvía a tener el establecimiento era un milagro, y se salió de detrás del mostrador y me metió la botella de agua fuerte en el cesto. Respiré como si el mundo fuese mío. Y me fui. Tenía que procurar no caerme, que no me atropellasen, tener cuidado con los tranvías, sobre todo con los que bajaban, conservar la cabeza encima de los hombros, ir derecha hasta casa: sin ver las luces azules. Sobre todo sin ver las luces azules. Y volví a mirar el escaparate de perfumería, con las botellas llenas de colonia amarilla, y las tijeritas para las uñas, tan nuevas y tan brillantes, y las cajitas con espejito en la parte de dentro de la tapa, con una pastillita negra y un cepillito para pintarse las pestañas.

Y otra vez la casa de los hules y de las muñecas con los zapatos de charol..., sobre todo no ver las luces azules y cruzar sin prisa..., no ver las luces azules..., y me llamaron. Me llamaron y me volví, y el que me llamaba era el tendero de las arvejas que se acercaba a mí y cuando me volví pensé en la mujer de sal. Y pensé que el tendero se había dado cuenta de que, en vez de agua fuerte me había dado lejía, y no sé qué pensé. Me dijo que si quería volver con él a la tienda, que le perdonase, pero que si quería hacer el favor de volver con él a la tienda. Y entramos en la tienda y no había nadie y me dijo que si quería ir a trabajar a su casa, que me conocía hacía tiempo, que la mujer que le hacía la

limpieza se había despedido porque era demasiado vieja y
se cansaba..., y entonces entró alguien y dijo, un momento,
y se quedó de pie delante de mí esperando la contestación.
Y como yo no decía nada me dijo que a lo mejor ya estaba colocada, que a lo mejor ya estaba comprometida en otro
sitio y yo dije que no con la cabeza y dije que no sabía qué
hacer. Dijo que, si no tenía trabajo, la suya era una buena
casa y él, poco latoso, y que ya sabía que yo era cumplido-
ra. Dije que sí con la cabeza y entonces dijo, empiece mañana, y todo desasosegado me puso dos latas en el cesto, que
fue a buscar adentro, y un envoltorio de papel de estraza y
alguna otra cosa de la que no me acuerdo. Y me dijo que
podía empezar al día siguiente a las nueve de la mañana.
Y sin darme cuenta saqué la botella del agua fuerte del cesto y la puse con mucho cuidado encima del mostrador.
Y me fui sin decir nada. Y cuando llegué al piso, yo, que casi
nunca había llorado, me eché a llorar como si no fuese una
mujer.

XXXVII

Había bellotas y hojas y una mancha de tinta en el medio. La tapaba un jarrón de latón lleno de señoras haciendo guirnalda, vestidas sólo con velos y con el pelo suelto y revoloteando, y este jarrón estaba lleno de rosas rojas y de margaritas artificiales, que se sostenían en una capa de musgo falso. El tapete con las bellotas y la mancha de tinta en el medio tenía un fleco con tres filas de nudos. El aparador era de madera rojiza, con mármol rosa y, encima del mármol, un armario, y dentro del armario, el cristal guardado. El cristal, quiero decir las copas y la jarra de agua y la botella de vino que sólo sirven para decorar. Una ventana, siempre oscura, daba a un patio interior: también daba allí la ventana de la cocina. Era un comedor, el comedor, con dos ventanas, porque la otra ventana daba a la tienda y esta ventana siempre estaba abierta para saber lo que pasaba en la tienda cuando el tendero estaba en el comedor. Las sillas eran de viena, con el culo y el respaldo lleno de agujeritos. ¿No está cansada?, me preguntaba siempre el tendero, que se llamaba Antoni como mi hijo. Yo le decía que estaba muy acostumbrada a trabajar, y un día le conté que de muchacha trabajaba en una pastelería. De vez en cuando le gustaba charlar conmigo. Los agujeritos de la viruela no se le veían casi nada con la poca claridad que había en el comedor. La puerta de la tienda que daba al comedor no tenía hoja. Sólo era un agujero para entrar y salir; el tendero había puesto allí una cortina de canutillos, con una japonesa pintada con muchas agujas clavadas en la montaña del pelo, y en una mano tenía un pay-pay con pájaros en el fondo, y un farolillo encendido, cerca.

La casa era sencilla y oscura, aparte de dos habitaciones que daban a la calle que iba al mercado. Era así: desde la cortina de la japonesa hasta el fondo, que era una sala con sofá y butacas con fundas y una consola, había un pasillo. A la izquierda de ese pasillo, dos puertas, una junto a otra, para entrar a las dos habitaciones con ventana que daba a la calle que iba al mercado. A la derecha del pasillo, la cocina y una habitación sin ventanas, trastienda, almacén, llena de sacos de grano y de sacos de patatas y de botellas. Y en el pasillo nada más. Al final del pasillo, la sala; y a la derecha de la sala, el dormitorio del tendero, tan grande como la sala, con balcón que daba a una galería cubierta por arriba por la galería del primer piso y sostenida por cuatro columnas de hierro. Pasada la galería, un patio polvoriento, separado del jardín del primer piso por una verja con lanzas. Este patio siempre estaba lleno de papeles y de borra que caía de los pisos. En el jardín del primer piso sólo había un árbol: un albaricoquero esmirriado. Los albaricoques se le caían al suelo cuando sólo habían tenido tiempo de hacerse del tamaño de una avellana. Y tocando con la verja del jardín del primer piso, una puertecita enrejada que sólo estaba entornada, que daba a la calle que iba directamente a la plaza del mercado. Volviendo a la sala, y encima de la consola, el espejo con adornos de madera en la parte alta. Y dos campanas de cristal con flores de campo dentro: amapolas, espigas, acianos, rositas de zarza. Y entre campana y campana, un caracol de mar de esos que, cuando acercas el oído, suena dentro el mar. Aquel caracol que había podido meterse todos los llantos del mar dentro era para mí más que una persona. Nadie podría nunca vivir con aquel ir y venir de las olas metido dentro. Y cuando le quitaba el polvo, siempre lo escuchaba un ratito. Las baldosas de la casa eran rojas, de esas que en cuanto las acabas de fregar ya vuelven a estar cubiertas de polvo. Una de las primeras cosas que me dijo el tendero fue que tuviera mucho cuidado en no dejar los balcones de la sala y del dormitorio demasiado rato abiertos, porque por esos balcones entraban ratas. Ratas pequeñas, con las patas muy finas y largas. Ratas jibosas. Salían del agujero de la alcantarilla que estaba debajo de la puerta enrejada del patio y corrían a meterse en el almacén: allí se escondían muy calladitas, roían los sacos y se comían el grano. Y eso hubiera sido lo de menos, que se hubiesen comido el grano, a pesar de lo que escaseaba; lo peor era que él o el dependiente, cuando iban a buscar un saco para llevarlo a la tienda, como lo llevaban arrastrando, todo el grano se desparramaba por el suelo y después era una lata tenerlo que recoger con una pala. El dependiente dormía y comía en el primer piso; estaba de pensión porque el tendero no quería extraños en casa después que había echado abajo el cierre.

La cama del tendero era una cama de dos personas y más adelante me contó que había sido la cama de sus padres

y que aquella cama, para él, era el olor de su familia, el olor
de las manos de su madre que al llegar el invierno le asaba
manzanas en el rescoldo. Era una cama negra, con columnas que empezaban delgadas, se hinchaban, se volvían a adel-
gazar, hacían una bola, y de la bola arrancaba la segunda parte de la columna, delgada, hinchada, delgada. La colcha casi
era hermana gemela de la que yo había tenido y que luego vendí: toda de ganchillo con rosas en relieve y el fleco
eran tirabuzones de ganchillo que ya los podías lavar y planchar que o no se desrizaban o se volvían a rizar como si
tuviesen entendimiento. Y en un rincón había un biombo
para desnudarse detrás.

XXXVIII

Me costó levantar cabeza, pero poco a poco volví a la vida después de haber estado en el hueco de la muerte. Los niños habían perdido el aire de ser unos niños hechos sólo de huesos. Y las venas se les apagaban de color debajo de la piel. Iba pagando los alquileres atrasados, más que con los dineros que ganaba, con los dineros que ahorraba, porque el tendero siempre, a la hora de acabar, me decía, tenga. Alguna bolsa de arroz trizado, alguna bolsa de garbanzos pequeños. Y decía que siempre tenía un poco más de racionamiento del que tenía que tener. La tienda no era como antes de la guerra. Pero era una buena tienda... y con las legumbres, para acompañarlas, caía algún recorte de cortezas de jamón o de tocino, para que las legumbres no estuviesen solas... Muchas cosas. Muchas. No se puede decir lo que era para nosotros todo aquello. Salía con mis bolsitas, subía al piso corriendo y siempre me paraba a tocar las balanzas. Y los niños me esperaban y venían a recibirme con los ojos abiertos, ¿qué traes? Y ponía las bolsas encima de la mesa y entre todos escogíamos las legumbres y si eran lentejas y salían piedras, las hacían botar en el suelo y después las guardaban. Y cuando hacía buen tiempo, por la noche, subíamos a la azotea y nos sentábamos en el suelo, yo en el centro y uno a cada lado, de la misma manera que cuando dormíamos. Y a veces, cuando hacía calor, nos quedábamos como traspuestos hasta que la luz del día se nos ponía encarnada delante de los ojos y nos despertaba y corríamos para el piso con los ojos medio cerrados para no desvelarnos y dormíamos encima de una manta porque no teníamos ni un colchón. Y dormíamos todo el tiempo que faltaba para empezar otro día. Los niños no hablaban nunca de su padre, como si no hubiese existido. Y si a mí me venía el recuerdo algunas veces, hacía un gran esfuerzo para quitármelo, porque llevaba un cansancio tan grande dentro que no lo puedo ni explicar, y había que vivir, y si pensaba demasiado el cerebro me dolía de una manera rara como si lo tuviese podrido.

Cuando ya hacía bastantes meses que trabajaba en casa del tendero de las arvejas, trece o quince meses…, al cabo de un montón de meses de dejarle la casa como una patena, todos los muebles untados con aceite y vinagre mitad y mitad, y la colcha más blanca que los dientes, y las fundas de las butacas y del sofá lavadas y replanchadas, el tendero de las arvejas me preguntó un día si los niños iban al colegio, y le dije que, de momento, no. Y un día me dijo que la primera vez que entré a comprar arvejas se fijó en mí y que también conocía al Quimet, un muchacho, dijo, que siempre se quedaba en la calle, con las manos en los bolsillos y mirando a todas partes. Yo le pregunté que cómo le pudo ver si él estaba despachando, y me dijo: ¿no se acuerda que tenía los sacos de las arvejas en la calle? Y aunque no los hubiese tenido fuera y aunque no hubiera tenido que ir a buscar las arvejas, también le habría visto, porque dijo que tenía un espejo detrás del mostrador, puesto de modo que pudiera vigilar para que nadie le robase. Y que, con ese espejo, que se podía mover de un lado a otro, veía los sacos que tenía en la calle y si los chiquillos metían la mano y la sacaban llena. Y me dijo que no me molestara, pero que el día que había ido detrás de mí para decirme que si quería trabajar en su casa, había corrido detrás de mí porque yo tenía una cara que le dejó encogido y pensó que me pasaba algo muy gordo. Y le dije que no me pasaba nada, que sólo me pasaba que habían matado a Quimet en la guerra y que todo era difícil y dijo que él también había hecho la guerra; y un año de hospital. Que le habían recogido medio deshecho del campo de batalla y que le habían remendado como habían podido y entonces me dijo, venga el domingo a las tres de la tarde. Y añadió que suponía que, mayor como era, no me daría miedo estar sola con él, que ya hacía tanto tiempo que me conocía.

XXXIX

Toqué las balanzas y acabé de bajar. Era una tarde de domingo medio nublada, pero sin lluvia, sin sol y sin viento. Me costaba un poco respirar, como a los peces cuando los sacan del agua. El tendero me había dicho que entrase por la puertecita del patio, que estaría abierta, como de costumbre, porque era la única puerta de que se podía disponer los domingos. No se iba a pasar el tiempo bajando y subiendo el cierre metálico, si tenía visitas. Y no sé por qué, aunque iba a verle, y aunque estaba decidida a ir, y la prueba es que me había puesto en camino, andaba como desganada y me entretenía mirándome en todas las lunas de los escaparates y me veía pasar por dentro de las lunas, donde todo era más oscuro y más brillante. El pelo me molestaba. Me lo había cortado yo misma y me lo había lavado y me iba un poco por donde le daba la gana.

Me esperaba de pie, entre dos columnas de las cuatro que sostenían las galerías de los seis pisos. De una galería de los últimos pisos, cuando entré, caía, dando vueltas, un aeroplano hecho con papel de periódico. El tendero lo cogió al vuelo y dijo que más valía callar porque, si subía a quejarse, a lo mejor se cabreaban y tiraban más cosas. Se veía que se había afeitado hacía poco y se había hecho un corte pequeño cerca de la oreja. Con aquella luz nublada los agujeritos de la viruela parecían más hundidos dentro de la piel. Cada agujerito era redondo y tenía una piel más nueva, un poco más clara que la piel que se tiene de nacimiento.

Me dijo si quería hacer el favor de entrar. Y me hizo pasar delante y me resultaba raro porque, sin la claridad que otros días venía de la tienda abierta, a través de la cortina de cañas, todo era distinto y parecía otra casa. Tenía la luz del comedor encendida. Esa luz era media bola de porcelana, puesta boca abajo, sostenida del techo por seis cadenas de metal. El fleco de la media bola estaba hecho de cañoncitos de vidrio blanco como la bola. A veces, cuando alguien corría en el piso de arriba, chocaban unos contra otros y hacían como una musiquita. Y hacia el comedor fuimos y en el comedor nos sentamos.

—¿Quiere unas galletas?

Me puso delante una caja cuadrada, llena hasta arriba de capas y capas de galletas de vainilla, y la aparté con la mano y le dije que muchas gracias, pero que no tenía nada de hambre. Me preguntó por los niños y mientras charlaba y devolvía las galletas al aparador, de donde las había sacado, me di cuenta de que todo lo que decía y todo lo que hacía le costaba mucho decirlo y hacerlo, y me parecía como una almeja con la concha partida que es una cosa de las más abandonadas. Me dijo que le perdonase de haberme dado la molestia de ir en domingo, que seguramente era el día que yo más necesitaba estar en casa para arreglar mis cosas y para estar con los niños. Y en ese momento se oyeron carreras en el piso de arriba y los cañoncitos de la lámpara hicieron clinc, clinc... Miramos los dos la lámpara que bailaba y cuando los cañoncitos se callaron le dije que dijese lo que me quería decir si es que tenía alguna cosa que decirme. Y me dijo que era muy difícil. Y puso las manos encima de la mesa y enlazó los dedos de una mano con los dedos de la otra y cuando los tuvo bien enlazados, tan fuerte que los nudillos se le pusieron blancos, dijo que estaba muy preocupado, que él era una persona de vida sencilla, siempre allí, encerrado, arreglando la tienda sin parar, trajinando, limpiando, vigilando los sacos del almacén y que las ratas no los royesen, porque una vez una rata le hizo nido dentro de un hato de estropajos, y la rata se había ensuciado en los estropajos y él no se había dado cuenta, aunque pudo matar a la rata y a la cría, y puso los estropajos a la venta. Y una criada, que le ponía muy buena cara pero que a él no le gustaba nada, compró dos estropajos y al cabo de un rato vino la señora de la criada con la criada y le dieron cuatro gritos desagradables y le dijeron que parecía mentira que fuese tan abandonado como para vender estropajos, estropajos que habían de lavar los platos, con porquería de ratas dentro. Y que eso de los estropajos sólo era un detalle para demostrarme el cuidado que había que tener para que las ratas que salían de la alcantarilla no entrasen del patio. Dijo que tenía una vida poco divertida, que no era una vida como para ofrecerla como si fuese una gran cosa, sólo pensando en el trabajo y haciendo ahorros para la vejez. Dijo que pensaba mucho en la vejez y que quería ser un viejo respetado y que a los viejos sólo se les respeta cuando tienen para vivir. Dijo que no era un hombre al que le gustase privarse de lo necesario, pero que pensaba mucho en la vejez y que no se quería encontrar, cuando no tuviese ni dientes ni pelo ni fuerza en las piernas ni ánimo para ponerse los zapatos, teniendo que ir a llamar a la puerta de un asilo y acabar asilado, después de una vida dedicada al trabajo de cada día y a la lucha. Desenlazó los dedos y entonces metió dos dentro del jarro que tapaba la mancha de tinta y de entre las rosas rojas y las margaritas sacó un pellizquito de musgo y dijo, sin mirarme, que siempre pensaba mucho en mí y en mis hijos y que él creía en el destino de las personas... y que si me había dicho que fuese el domingo era para poder hablar con tranquilidad, porque me tenía que pedir una cosa, que no sabía cómo empezar a pedírmela, más que nada porque no sabía cómo la tomaría yo. Y volvieron a correr por el piso de arriba y otra vez la musiquita, y él dijo, mientras no nos hundan el techo..., y lo dijo como si yo también formase parte de la casa..., y dijo que era un hombre solo. Un hombre completamente solo: ni padres ni familia de ninguna clase. Solo como la lluvia que vuela. Y que era de buena fe y que sobre todo no me tomase en mal sentido lo que quería decirme... Y quería decirme que era un hombre solo que no sabía vivir solo... Y estuvo un buen rato callado y levantando la cabeza y mirándome muy fijamente, dijo: quisiera casarme pero no puedo fundar una familia...

Y dio un puñetazo en la mesa con toda su fuerza. Eso dijo: que no podía fundar una familia y que quería casarse. E iba haciendo una bolita verde con el musgo que había sacado del jarrón de latón. Se levantó y se puso frente a la japonesa, y después se volvió y se sentó otra vez, y mientras

se sentaba, cuando todavía no estaba sentado por completo, preguntó:

—¿Se querría casar conmigo?

Ya me lo temía, pero temiéndolo y viéndolo venir, me
quedé como helada y sin acabar de entenderlo.

—Soy libre y usted es libre y yo necesito compañía y sus
hijos necesitan un buen apoyo...

Se levantó más nervioso que yo y atravesó a la japonesa dos o tres veces entrando y saliendo del comedor, entrando y saliendo...Y volviéndose a sentar me dijo que no podía
imaginarme todo lo bueno que era él. Que no sabía qué clase de buena persona era.Y que me tenía afecto desde siempre, desde cuando iba allí a comprar arvejas y me veía salir
tan cargada que a duras penas si las podía llevar.

—Y yo creo que está usted muy sola y con los niños
encerrados y solos mientras trabaja.Yo podría poner orden en
todo eso... Si no le gusta, haga como si no le hubiese dicho
nada..., pero he de añadir que no puedo fundar una familia
porque por culpa de la guerra soy inútil y, con usted, ya me
encuentro una familia hecha. Y no quiero engañar a nadie
—dijo—, Natalia.

XL

Subí al piso como una mosca aterida y, aunque no quería
decir nada a nadie, y aunque no quería ir allá, a las diez no
pude aguantarme más: cogí a los niños y me fui volando a casa
de la señora Enriqueta que ya se estaba peinando para meterse en la cama. Puse a los niños delante del cuadro de las langostas y les dije que las mirasen y me encerré con la señora Enriqueta en la cocina. Le conté lo que me pasaba y le
dije que me parecía que lo había entendido, pero que me
parecía que no lo había acabado de entender. Y ella me dijo,
le han debido mutilar en la guerra, es lo que tú piensas y
por eso se quiere casar contigo, porque contigo ya se encuentra con una familia hecha y muchos hombres sin familia son
como una botella vacía navegando por el mar.

—¿Y cómo se lo digo yo a los niños?

—Se lo dices enseguida que le hayas dicho a él que sí,
y como una de la cosas más naturales del mundo. Ellos qué
saben...

Estuve unos cuantos días pensando y el día que me
decidí, después de haber sopesado mucho el pro y el contra, le dije al tendero que sí, que nos casaríamos; le dije que

había tardado en decírselo porque me había cogido de sorpresa y que cuanto más tiempo pasaba más iba creciendo la sorpresa y que temía por los niños, que eran muy listos para los años que tenían, porque la guerra y el hambre les habían desarrollado el entendimiento más deprisa. Me cogió una mano, y su mano temblaba, y me dijo que no me podía imaginar qué jardín le acababa de poner dentro. Y me fui a hacer el trabajo. Me quedé plantada encima de las baldosas manchadas de sol, al pie del balcón. Del albaricoquero se escapó una sombra, y era un pájaro. Y sobre el patio, cayó una nube de polvo que venía de las galerías. En la sala de las campanas de cristal, encontré una telaraña. Se había formado de campana a campana. Salía del pie, que era de madera, pasaba por la punta del caracol e iba a parar al pie de madera de la otra campana. Y miré todo aquello que sería mi casa. Y se me hizo un nudo en la garganta. Porque desde el momento que había dicho que sí, me habían dado ganas de decir que no. No me gustaba nada; ni la tienda, ni el pasillo como una tripa oscura ni aquello de las ratas que venían de la alcantarilla. Al mediodía se lo dije a los niños. No precisamente que me iba a casar, sino que viviríamos en otra casa y que un señor muy bueno se ocuparía de que fuesen al colegio. El uno y el otro no dijeron ni una palabra, aunque yo creo que me entendieron. Se habían acostumbrado a no hablar y los ojos se les habían vuelto tristes.

Y al cabo de tres meses de aquel domingo, una mañana, temprano, me casé con el Antoni que desde aquel día fue el Antoni-padre y mi hijo el Antoni-hijo, hasta que encontramos la manera de llamarle Toni.

Pero antes de casarnos él hizo arreglar aquella casa. Dije que quería camas de metal para los niños y tuve camas de metal, como la que yo había tenido de soltera y había tenido que vender. Dije que quería cocina colgada y tuve cocina colgada. Dije que quería tapete sin mancha de tinta y tuve tapete sin mancha de tinta. Y un día le dije que yo, aunque fuese pobre, era delicada de sentimientos y que preferiría no llevar a la casa nueva ni una sola cosa de la casa vieja: ni la ropa. Y todo lo tuvimos nuevo y cuando le dije que aunque era pobre era delicada de sentimientos, contestó que él era como yo. Y dijo la verdad.

XLI

Y los niños empezaron a estudiar cada uno en su habitación con ventana, con cama dorada, con colcha blanca, con edredón amarillo en invierno, con mesita de madera clara y con su butaquita. Al día siguiente mismo de casados, el Antoni me dijo que no quería verme limpiando ni cinco minutos más, que buscase una interina para las mañanas y para las tardes y que si quería criada, pues criada. Que no se había casado para hacerme lavar la ropa sino que se había casado para tener familia, como me había dicho, y que quería ver a su familia contenta. Teníamos de todo. Ropa, platos, cubiertos, y jabón de olor. Y como aquellos dormitorios eran helados en el invierno y fríos en los demás meses, dormíamos todos con escarpines, menos en pleno verano.

La señora Enriqueta venía a verme y la primera vez, dale, pinchándome para que le contase mi noche de bodas y que qué habíamos hecho sin poderla hacer. Y se reía. Al principio nos sentábamos una junto a la otra en el sofá con funda, pero más adelante nos sentábamos cada una en una butaca porque ella decía que el sofá se hundía demasiado y se le clavaba una ballena del corsé debajo del brazo. Se sentaba con las piernas colocadas de una manera muy rara: los pies juntos y las rodillas separadas, muy tiesa, con la boca de rape y la nariz de cucurucho encima. Le enseñé todo lo que tenía, la ropa de salir y la ropa de casa, y dijo que era imposible que la tienda diese para tanto, que el Antoni tenía que tener dinero, y yo le dije que no lo sabía. Y el biombo la dejó muy preocupada. Qué ocurrencia, dijo. Y cuando le dije que tenía una interina me dijo que bien me lo merecía. Le dije que se llamaba Rosa y, a veces, la señora Enriqueta venía más temprano para poder ver a la Rosa, sobre todo el día que la Rosa planchaba, que siempre planchaba en la sala del sofá con funda, para verla planchar. Cuando se iba salía por la tienda y el Antoni, desde el primer día, le daba cada vez un paquete de galletas pequeño, y así se la ganó, tanto que cuando venía sólo hablaba del Antoni y se lo miraba con más enamoramiento que si fuera una cosa suya.

Un día cazamos una rata muy pequeña. La encontramos atrapada a primera hora de la tarde. Fui yo quien se dio cuenta. Les llamé y salieron todos al patio. La había cazado una ratonera de esas que se disparan y la había pillado justo por el medio. Y la había reventado y le salía un poco de tripa mezclada con sangre y por el agujerito de abajo de todo le salía el morrito de una ratita de cría. Todo era muy fino: el color, los dedos de las manitas, y la blancura del pelo de la pancita que no era del todo blanco pero que lo parecía porque era de un color gris bastante más claro que el de las otras partes del cuerpo. Tenía tres moscardas pegadas en la sangre. Cuando nos acercamos una echó a volar como si se hubiese asustado mucho, pero enseguida volvió con las otras. Eran muy negras las tres, con reflejos azules y rojos como el demonio que contaba el Quimet, y se hartaban de animal muerto como decía el Quimet que hacía el demonio cuando salía de mosca. Pero tenían la cara negra y el Quimet me había dicho que el demonio, aunque fuese de moscardón, tenía la cara echando llamas. Y las manos. Para que no se le confundiera con las moscas de verdad. Y el Antoni cuando vio que estábamos tan embobados, cogió la trampa y la rata de un tirón y salió a la calle y lo echó todo junto por el agujero de la alcantarilla.

Los niños querían mucho a Antoni, con el miedo que yo había tenido de que no les cayera bien. Sobre todo el niño le quería mucho. La niña ya era otra cosa: era más desapegada. Pero el niño cuando no tenía que estudiar siempre iba delante y detrás del Antoni y si el Antoni le mandaba hacer alguna cosa, la hacía muy contento. Y si el Antoni leía el periódico después de comer, el niño se iba acercando y, con la excusa de leer el periódico, se le arrumbaba.

XLII

Vivía encerrada en casa. La calle me daba miedo. En cuanto sacaba la cabeza fuera, me aturdía la gente, los automóviles, los autobuses, las motos... Tenía el corazón pequeño. Sólo estaba bien en casa. Poco a poco, y costándome mucho, me iba haciendo la casa mía, las cosas mías. La oscuridad y la luz. Sabía las claridades del día y sabía dónde caían las manchas de sol que entraban por el balcón del dormitorio y de la sala, y cuándo eran largas, y cuándo eran cortas. Y los niños hicieron la primera comunión. Todos estrenamos traje. La señora Enriqueta vino a ayudarme a vestir a la niña. Mientras yo la frotaba de arriba abajo con agua de colonia, dije, mire, qué tiesa es... y la señora Enriqueta dijo, se le podría reseguir la espalda de arriba abajo con una gota de aceite. Y le pusimos el vestido y el velo y la señora Enriqueta con la boca llena de alfileres le iba sujetando el velo y la corona en el pelo. La Rita, después de vestida, parecía una muñeca. Hicimos la fiesta en casa, y cuando la fiesta se acabó entré al dormitorio de la nena y la ayudé a desnudarse y, cuando estaba doblando las enaguas encima de la cama, la niña dijo que una amiga suya del colegio que también había hecho la primera comunión aquella mañana tenía un padre que se había ido a la guerra, que habían dicho que estaba muerto y que hacía dos días le había vuelto, muy enfermo, pero vivo; y que si no habían sabido nada de él era porque había estado encerrado en un presidio, muy lejos, y no le dejaban escribir cartas.... Me volví poco a poco y vi que la niña me miraba y mientras me miraba me di cuenta de que había hecho un cambio muy grande durante todo aquel tiempo en que yo luchaba por acostumbrarme a la nueva vida. La Rita era el Quimet. Los mismos ojos de mono y aquella cosa especial que no se podía explicar pero que eran como unas ganas de hacer sufrir. Y ya empezó la angustia, y el dormir mal y el no dormir y el no vivir.

 Si el Quimet no estaba muerto, volvería. ¿Quién me podía decir que lo había visto muerto? Nadie. Es verdad que el reloj que me habían traído era el suyo, pero a lo mejor había ido a parar a otras manos y lo que había hecho creer que estaba muerto había sido el encontrar el reloj en un brazo que a lo mejor no era el brazo del Quimet. ¿Y si estaba vivo como el padre de la amiga de la Rita, y volvía enfermo y me encontraba casada con el tendero de las arvejas? Sólo pensaba en eso. Cuando los niños no estaban en casa y el Antoni despachaba en la tienda, iba de arriba para abajo por el pasillo como si lo hubiesen hecho especial para mí sola mucho antes de saber que lo necesitaría para ir arriba y abajo: del balcón de la sala a la japonesa del comedor, de la japonesa al balcón de la sala. ¿Entraba en el dormitorio del niño? Pared. ¿Entraba en el camaranchón que hacía de almacén? Pared. Todo era paredes y pasillo y canutillos con japonesas. Paredes y paredes y pasillos y paredes y pasillos

y yo arriba y abajo y vuelta con lo mismo y de vez en cuando entrando en alguna de las habitaciones de los niños, y
otra vez arriba y abajo. Y abrir y cerrar cajones. Cuando la
Rosa acababa de limpiar los platos y se iba y decía, melo-
sa: hasta mañana, señora Natalia, yo entraba en la cocina.
Y pared. Y el grifo. Y abría el grifo sólo un chorrito y con
un dedo cortaba el chorrito de un lado a otro, como la varita que limpia el cristal de los coches cuando llueve, media
hora, tres cuartos, una hora..., sin saber, al final, ni lo que
hacía. Hasta que el brazo me dolía y eso me quitaba de la
cabeza ver al Quimet llegar de correr mundo, a lo mejor
acabado de salir de una cárcel, derecho a su casa, subiendo
al piso, y en el piso encontraría otras personas y bajaría a
preguntar al tendero de abajo que qué era lo que había pasado, y el tendero de abajo le diría que me había casado con
el tendero de las arvejas porque nos habíamos creído que él
había muerto en la guerra y el Quimet se presentaría y lo
quemaría todo. Y él, que había hecho la guerra, se encontraría sin piso, sin mujer y sin hijos. Salido de la cárcel. Vendría más enfermo que nunca... Porque yo siempre le creía
cuando me decía que estaba enfermo. Y si un poco de viento hacía moverse los canutillos de la japonesa y yo estaba de
espaldas a los canutillos, me volvía con el corazón encogido creyendo que ya le tenía allí. Y ya le podría ir detrás con-
tándole que nada, que sólo estaba casada con él..., del par
de bofetadas no me libraba nadie. Y este miedo me duró dos
o tres años. A lo mejor más, a lo mejor menos, porque hay
cosas que se confunden... y la señora Enriqueta cogió el
vicio de hablar del Quimet en cuanto estábamos solas, ¿te
acuerdas cuando se llevaba al niño con la moto? ¿Y lo que

dijo cuando nació el niño y lo que dijo cuando nació la Rita y lo que dijo cuando te puso Colometa? ¿Te acuerdas? ¿Te acuerdas?

Tuve que salir de casa a la fuerza porque ni dormía ni comía, tenía que pasear. Tenía que distraerme. Todo el mundo me decía que tenía que darme el aire. Porque vivía como si estuviese encerrada en una cárcel... El primer día que salí con la Rita después de tanto tiempo de no salir, el olor de la calle me mareó. Fuimos a ver escaparates a la calle Mayor. Llegamos allá andando muy poco a poco y cuando llegamos la Rita me miró y me dijo que tenía los ojos como asustados. Y le dije que no dijera tonterías. Y vimos escaparates y todo me daba igual... Y la Rita quiso cruzar, cuando llegamos abajo de todo, para subir por la otra acera. Y cuando tenía el pie puesto sobre la piedra del bordillo de la acera, todo se me nubló y vi las luces azules, por lo menos una docena de ellas, como un mar de manchas azules que se me columpiase delante. Y me caí. Y me tuvieron que acompañar a casa. A la noche, cuando ya me encontraba mejor, mientras cenábamos, la Rita dijo, no sé qué vamos a hacer, porque cuando tiene que cruzar la calle se desmaya. Y dijo que se me azoraban los ojos. Y todos dijeron que eso era de haber estado tanto tiempo encerrada en casa, pero que poco a poco tenía que hacer un esfuerzo y acostumbrarme a salir. Y salí, pero por otras partes, y, sola, fui a pasear por los parques...

XLIII

Vi caer muchas hojas y vi salir muchos brotes nuevos. Un día, mientras comíamos, la Rita va y dice que quiere aprender idiomas y sólo idiomas, para colocarse en la aviación. De las que van en los aviones y ayudan a los pasajeros a atarse el cinturón para que no se vayan para arriba y les llevan licores y les ponen un cojín detrás de la cabeza. Y el Antoni, a la primera palabra de la Rita, que sí. A la noche dije al Antoni, que antes de decir que sí, teníamos que haber hablado él y yo y pensar si estaba bien eso de ir en avión y dijo que a lo mejor hubiera estado bien hablar antes, pero que si a la Rita se le había metido en la cabeza volar no adelantaríamos nada haciéndole mil advertencias. Me dijo que a los jóvenes hay que dejarles tranquilos porque saben más que los viejos que andan a reculones como los cangrejos. Y dijo que hacía mucho tiempo que necesitaba decirme una cosa, que si no me lo había dicho todavía era porque yo parecía una persona con pocas ganas de hablar y con pocas ganas de escuchar, pero que ya que estábamos charlando por eso de la Rita, necesitaba decirme que nunca en su vida había sido tan feliz como desde que nos tenía a los tres en casa, y que me tenía que dar las gracias porque con la felicidad que llevaba dentro también se le había puesto la suerte de cara y las cosas le iban muy bien, aunque las cosas no fueran como antes. Y que todo el dinero que tenía era para nosotros. Y se fue a dormir.

Y yo no sabía si estaba dormida o si estaba despierta, pero veía a las palomas. Como antes, las veía. Todo era lo mismo: el palomar pintado de azul oscuro, los ponederos rebosantes de esparto, la azotea con los alambres que se iban enmoheciendo porque no podía tender la ropa en ellos, la trampilla, las palomas en procesión desde la galería al balcón de la calle después de atravesar todo el piso a pasitos…, todo era lo mismo, pero todo era bonito. Eran unas palomas que no ensuciaban, que no se espulgaban, que sólo volaban por el aire arriba como ángeles de Dios. Escapaban como un grito de luz y de alas por encima de los terrados… Los pichones ya nacían cubiertos de pluma, sin venas, sin cañones en el cuello, con la cabeza y el pico a la medida del cuerpo. Y los padres no les echaban la comida dentro con aquel desasosiego febril y las crías no se lo tomaban entre gritos desesperados. Y si caía un huevo incubado al suelo, no apestaba. Yo los cuidaba, les ponía esparto nuevo. El agua de los bebederos no se enturbiaba ni cuando hacía calor…

Y al día siguiente se lo conté a una señora que se sentó a mi lado en un banco del parque, de cara a las rosas. Le conté que había tenido cuarenta palomas…, cuarenta parejas de palomas: ochenta… De todas clases. Palomas con corbata de seda y palomas con las plumas peinadas hacia atrás que parecían nacidas en el país de todo al revés… Buchonas…, de cola de pavo…, blancas, rubias, negras, manchadas..., con capucha, con toquilla..., con un revuelo de plumas desde la cabeza al pico, tapándoles los ojos..., con lunares de color de café con leche... Todas vivían en una torre hecha a propósito, a la que se subía por una rampa de caracol y la rampa tenía ventanitas estrechas y largas en la parte de fuera y, en la parte de dentro, al pie de cada ventanita, había un ponedero con una paloma empollando. Y la que esperaba para relevarla estaba en el antepecho de la ventanita y, si uno miraba la torre desde lejos, era como una gran columna toda cubierta de palomas que hubieran podido ser de piedra pero que eran de verdad. Y nunca echaban a volar desde las ventanitas, sino desde arriba de todo de la torre y de allí salían como una corona de plumas y picos, pero con la guerra había caído una bomba y todo se había acabado.

Se ve que aquella señora se lo contó a otra. Y ésta a otra más. Y todas se lo iban diciendo al oído y cuando veían que me acercaba siempre había alguna que avisaba a las otras: ya viene la señora de las palomas. Y a veces alguna que todavía no sabía la historia preguntaba: ¿y la guerra se las mató? Y otra decía a su vecina de banco: y dice que siempre piensa en ello..., y otra les contaba a las que no lo sabían, su marido le hizo una torre a propósito para que pudiese llenarla de palomas y parecía una nube de gloria... Y cuando hablaban de mí tal como creían que yo era, decían: añora las palomas, añora las palomas, la señora que sólo vive añorando las palomas y la torre alta con ventanitas altas...

Y para ir a los parques me apartaba de las calles por donde pasaban demasiados automóviles porque me mareaba y a veces tenía que dar una gran vuelta para poder pasar por calles tranquilas. Y para ir a cada parque tenía dos o tres caminos para que no fuese demasiado aburrido ir siempre por el mismo. Y me paraba frente a las casas que me gustaban y me las miraba mucho y había algunas que, cerrando los ojos, me las sabía de memoria. Y si veía una ventana abierta y dentro no había nadie, miraba adentro. Y mientras andaba pensaba, a ver si la ventana del piano negro estará abierta, o a ver si estará abierto el portal con la luz de candelas, o a ver si el portal con entrada de mármol blanco tendrá los tiestos de las hojas verdes en la calle para regarlos, o a ver si la torre con el jardín delante y el surtidor con baldosines azules tendrá el chorro abierto... Pero los días que llovía me quedaba en casa y no sabía estar en ella y acabé saliendo también los días de lluvia y el parque estaba vacío de señoras y yo llevaba un periódico y si llovía poquito poquito ponía el periódico extendido encima del banco y me sentaba con el paraguas abierto y miraba cómo la lluvia arrancaba las hojas y deshojaba o cerraba las flores... Y volvía a casa y algunas veces me cogía un aguacero muy fuerte, pero no me importaba, hasta me gustaba; no tenía ninguna prisa en volver y si aquel día me tocaba pasar por la entrada de mármol con los tiestos de las hojas verdes en la calle para que les cayese la lluvia, siempre me paraba a mirarlas un rato y sabía las hojas que tenía cada tiesto y sabía las que le cortaban cuando salían las nuevas. E iba por las calles desiertas y vivía muy despacito... Y de tanto ir de una blandura a otra me puse blanda como una breva y todo me hacía llorar. Y siempre llevaba un pañuelito dentro de la manga.

XLIV

Una noche, cuando el chico iba a marcharse para su cuarto, el Antoni le dijo que no se fuera, que se quedase un rato con nosotros, que le gustaría hablar con él. Yo ya había retirado la mesa y ya tenía el tapete puesto y, en medio, el jarrón de las señoras con velos y con el pelo suelto, con flores que ya hacía tiempo que había cambiado porque las rosas y las margaritas se habían descolorido y manchado, y en lugar de aquellas flores ahora tenía tulipanes y ramas de almendro. El Antoni dijo al chico que le gustaría saber si había pensado lo que quería ser de mayor, que a lo mejor, como era estudioso y seguía bien los estudios, le gustaba hacer una carrera y que empezase a pensar la carrera que le gustaría hacer. Que se lo pensase con calma, que no le contestase enseguida, que tenía tiempo de sobra. El chico le oía con los ojos bajos y cuando el Antoni acabó de hablar, levantó la cabeza, me miró primero a mí y después al Antoni, y dijo que no tenía que pensar nada porque ya había escogido hacía tiempo. Dijo que no tenía ganas de hacer una carrera, que lo que estudiaba lo hacía para saber algunas cosas que hay que saber, porque es necesario estudiar y que estaba muy contento de hacerlo, porque se pulía, pero que él era práctico y que no quería moverse de casa y que todo lo que le pedía era que le dejase ser tendero como él porque, dijo, usted cada día se hará más mayor y necesitará que le ayuden. El Antoni había cogido una pizca de musgo y hacía una bolita. Y le dijo, tengo que advertirte una cosa: hacer de tendero es un trabajo para no morirse de hambre. Pero es un trabajo que luce poco.

Y además, dijo, y venga a amasar la bolita de musgo, que a lo mejor lo decía para ponerle contento a él y que daba la discusión por abierta y no por cerrada y que le dejaba pensárselo tanto como quisiera. No quería que el día de mañana tuviera que arrepentirse de haberse comprometido con unas palabras dichas para darle gusto. Y que él, el Antoni, ya se había dado cuenta de que él, mi hijo, era un chico con la cabeza lo bastante despejada para poder hacer lo que quisiera. El chico, cuando no hablaba, tenía los labios apretados todo el rato y dos largas arrugas entre ceja y ceja: de tozudo. Y dijo que sabía muy bien lo que decía y lo que hacía y por qué lo decía y por qué lo hacía. Y lo dijo por lo menos dos veces y al final estalló, él, que era tan obediente y tan calladito. Estalló y antes de estallar cogió una pizca de musgo, nervioso, e hizo bambolearse a todas las flores y ya eran dos los que hacían bolitas. Y dijo que si prefería ser tendero era porque quería ayudarle y continuar lo que él hacía y sacar adelante la tienda porque, a él, aquella tienda le gustaba. Dijo buenas noches muy deprisa y se marchó a su cuarto. Y cuando íbamos a dormir, pasillo adelante, uno detrás de otro, el Antoni iba diciendo sin parar, no me lo merezco..., no me lo merezco..., pero todavía dijo que creía que el chico hacía un disparate y que para él habría sido un orgullo verle médico o arquitecto y pensar que casi había salido de sus manos.

Siempre nos desnudábamos detrás del biombo para poder tener la habitación sin ropa tirada por las sillas toda la noche. Detrás del biombo estaba el taburete para descalzarse y un colgador. El Antoni salía con el pijama puesto y yo, antes o después que él, salía con el camisón puesto, abrochándome los botoncitos hasta el cuello y los botoncitos de cada puño. El Antoni me había contado al principio que la costumbre de desnudarse detrás del biombo le venía de su madre. La tela del biombo, plegadita de arriba abajo, sostenida con varillas de latón para poderla quitar y lavar, era azul cielo y toda sembrada de margaritas blancas como si se las hubiesen tirado encima.

Las noches que tenía el sueño ligero, pero que dormía, me despertaba el primer carro que iba para la plaza y me levantaba a beber agua y cuando había bebido, escuchaba a ver cómo dormían los niños, y como no sabía qué hacer, pasaba por la japonesa y corría por la tienda. Metía la mano en los sacos de grano. En el maíz más que en los otros, porque era el que quedaba más cerca del comedor. Metía la mano dentro y sacaba un puñado de granitos amarillos con el morrito blanco y alzaba el brazo y abría la mano y todos los granos caían como una lluvia y los volvía a coger y después me olía la mano y olía el olor de todo. Y con la claridad que venía de la luz que había dejado encendida en la cocina, veía relumbrar la delantera de cristal de los cajoncitos de las pastas de sopa, de las pequeñas: las estrellitas, los abecedarios, el mijo... Y relumbraban los tarros de cristal: el de las aceitunas blancas y el de las aceitunas negras muy arrugadas como si tuvieran cien años. Y las revolvía con el cucharón de madera que parecía un remo y en los bordes del agua se hacía espuma. Y salía olor de aceitunas. Y distrayéndome así, a veces pensaba que después de todos aquellos años el Quimet estaba muerto y bien muerto, él, que había sido como el azogue, haciendo planos de muebles bajo el fleco color fresa de la lámpara del comedor..., y pensaba que no sabía dónde había muerto ni si le habían enterrado, tan lejos..., ni si todavía estaba bajo la tierra y la hierba seca del desierto de Aragón, con los huesos al aire; y que el viento los llenaba de polvo, menos a las costillas que era como una jaula vacía y abombada que había estado llena de pulmón color de rosa con agujeros hondos y bichitos. Y las costillas estaban todas fuera menos una que era yo y cuando me separé de la jaula cogí enseguida una florecita azul y la deshojé y las hojitas caían revoloteando por el aire como los granitos de maíz. Y todas las flores eran azules, de color de agua de río y de mar y de fuente, y todas las hojas de los árboles eran verdes como la serpiente que vivía muy quieta y con una manzana en la boca. Y cuando cogí la flor y la deshojé Adán me golpeó en la mano, ¡no enredes! Y la serpiente no podía reírse porque tenía que sostener la manzana y me seguía a escondidas...Y me volvía a la cama y apagaba la luz de la cocina y el carro ya había pasado hacía rato y venían más carros y camiones, todos abajo, abajo, abajo..., y a veces el rodar de tantas ruedas me quitaba los pensamientos y me volvía a dormir...

XLV

—Hay un muchacho que quiere hablar contigo —dijo el Antoni en cuanto entró en la sala. La Rosa planchaba y yo estaba sentada en el sofá con funda. Añadió que el muchacho le había ido a decir una cosa pero que él le había dicho que se esperase un momento porque era a mí a quien tenía que decir aquella cosa. Me pareció un poco raro. Dije a la Rosa que volvía enseguida. Muy bien, señora Natalia. Fui para el comedor con bastante curiosidad y el Antoni me dijo por el pasillo que el muchacho que me quería ver era el muchacho mejor plantado de todo el barrio. Llegué al comedor con las piernas como trabadas y en el comedor estaba el dueño del bar de la esquina, que era casi nuevo porque sólo hacía dos años que había comprado el bar. El dueño del bar, tenía razón el Antoni, era muy bien plantado y tenía el pelo negro como el ala del cuervo. Y muy simpático. En cuanto me vio me dijo que él estaba chapado a la antigua. Le dije que se sentara y nos sentamos. El Antoni nos dejó y el chico empezó a hablar. Dijo que tenía un vicio, el trabajo. Soy muy trabajador. Dijo que el bar-restaurante le permitía vivir y hacer economías, a pesar de que los

tiempos no eran buenos, y que el año que viene compraría la tienda del jabonero que estaba junto al bar, que ya hacía
tiempo que andaban en tratos, y que haría una ampliación
del bar y de la sala de fiestas. Que con esa ampliación ganaría lo suficiente para poderse comprar, al cabo de tres o cuatro años, una casita en Cadaqués, cerca de donde vivían
sus padres, porque si se casaba quería que su mujer pudiera
pasar buenos veranos a la orilla del mar que, para él, era una
de las cosas más bonitas del mundo.

—Soy hijo de unos padres muy unidos, en mi casa sólo
he visto alegría y bienestar; y quiero, si me caso, que mi
mujer pueda decir lo que dice mi madre de mi padre, que
toda la vida le estoy oyendo decir: ¡qué suerte tuve, el día
que di con él!

Yo le oía sin abrir la boca, porque el muchacho parecía
un molino disparado, y a ver dónde iba a parar. Y cuando se
calló, se calló del todo. Y esperando, esperando, pasó un rato
hasta que al final de aquel gran silencio, le dije, usted dirá...

Ya estábamos. La Rita.

—Cada vez que la veo pasar es como si viera pasar una
flor. Y vengo a pedirla...

Me levanté y saqué la cabeza por entre los canutillos y
llamé al Antoni y cuando vino y le iba a poner al corriente
me dijo que ya lo sabía y también se sentó. Yo dije que la
Rita no me había dicho nada y que había que esperar a que
mi hija me dijera algo. Y él dijo, llámeme Vicenç. Y añadió
que la Rita no lo sabía. Le dije que lo primero que tenía que
hacer era hablar con la Rita, pero que tenía que tener en
cuenta que la Rita era todavía muy jovencita. Él dijo que no
le importaba que fuese jovencita, que esperaría si ella quería

esperar pero que él estaba dispuesto a casarse al día siguiente, y que no tenía que hablar con ella, que estaba chapado a la antigua y que no se atrevería, que le hablásemos nosotros y a ver lo que ella decía. Pidan informes míos, si les parece. Le dije que hablaría con la Rita, pero que mi hija tenía mal genio y que, a lo mejor, de aquella manera no iríamos a ningún lado. Dicho y hecho. Cuando la Rita volvió a casa le dije que el chico del bar había venido a pedirla para casarse. Me miró y en vez de decir algo se fue a su habitación a dejar los libros y después a la cocina a lavarse las manos y volvió y dijo: ¿usted se cree que tengo ganas de casarme y de enterrarme y de ser la señora del tabernero de la esquina?

Se sentó en el comedor, se echó el pelo hacia atrás de dos manotazos y me miró, y los ojos le reían y de repente se echó a reír que casi no podía decir ni una palabra y de tanto en tanto, cuando podía, decía: no ponga esa cara...

Y me contagió la risa y sin saber de lo que me reía, yo también me puse a reír y nos reíamos muy fuerte y vino el Antoni y apartó los canutillos con una mano y sin entrar en el comedor sacó la cabeza por entre los canutillos y dijo, ¿de qué os reís? Y de verle allí no nos podíamos aguantar la risa y al final la Rita le dijo, de la tontería del casamiento, y le dijo que no quería casarse, que quería ver mundo, y que no quería casarse y que no quería casarse y que ya le podíamos decir al dueño del bar que no y que no y que perdía el tiempo y que ella tenía otras cosas en la cabeza. Y preguntó, ¿y ha venido él mismo a pedirme? Y el Antoni le dijo que sí y la Rita empezó a reírse otra vez, ja, ja, ja, y al final le dije que ya era bastante, que no era como para reírse tanto el que un buen muchacho quisiera casarse con ella.

XLVI

Volvió el Vicenç, porque le llamó el Antoni, y yo le dije, la Rita es rebelde y va a lo suyo; que lo sentía mucho. Y él dijo, ¿ustedes me quieren? Le dijimos que sí y él dijo muy serio, la Rita será mía.

Empezaron a llover flores y una invitación para una cena en el bar. El Toni iba a favor de la Rita y decía que todo aquello no le gustaba nada, que la Rita tenía razón, que por qué tenía que atarse con el muchacho del bar si lo que ella quería era ver mundo, y que si el muchacho del bar tenía ganas de casarse, el país estaba lleno de chicas que le querrían a las primeras.

Una mañana estaba la Rita en la entrada de la galería y yo, que no sé qué estaba haciendo por la sala, me quedé parada junto al balcón para mirarla. Estaba de cara al patio y de espaldas a mí y el sol hacía caer su sombra al suelo, y la cabeza, a contraluz, estaba llena de pelos muy cortos que revoloteaban y brillaban y hacían muy bonito: tenía el cuerpo delgado, y las piernas largas y redondas, y con la punta del pie iba haciendo una raya en el polvo del suelo, poco a poco, arrastrándolo.

El pie iba de un lado a otro haciendo rayas y de repente me di cuenta de que yo estaba encima de la sombra de la cabeza de la Rita; mejor dicho, la sombra de la cabeza de la Rita me subía un poco por encima de los pies, pero a pesar de todo lo que me pareció fue que la sombra de la Rita en el suelo era como una palanca, y que en cualquier momento yo podría subir por el aire porque pesaban más el sol y la Rita fuera que la sombra y yo dentro. Y sentí intensamente el paso del tiempo. No el tiempo de las nubes y del sol y de la lluvia ni del paso de las estrellas adorno de la noche, no el tiempo de las primaveras dentro del tiempo de las primaveras, no el tiempo de los otoños dentro del tiempo de los otoños, no el que pone las hojas a las ramas o el que las arranca, no el que riza y desriza y colorea a las flores, sino el tiempo dentro de mí, el tiempo que no se ve y nos va amasando. El que rueda y rueda dentro del corazón y le hace rodar con él y nos va cambiando por dentro y por fuera y poco a poco nos va haciendo tal como seremos el último día. Y mientras la Rita hacía rayas en el polvo con la punta del pie, la volví a ver con los bracitos arriba corriendo alrededor del comedor detrás del Antoni y haciendo pinitos entre una nube de palomas... Y la Rita se volvió, un poco sorprendida de verme de pie a la entrada de la sala, y dijo que volvía enseguida y salió por la puertecita del patio. Volvió al cabo de media hora larga, con la cara encendida; y me dijo que venía de ver al Vicenç y que se había peleado con él, porque ella le había dicho que lo primero que tiene que hacer un muchacho que quiere casarse con una muchacha es conquistarla y no ir a secretear con la familia, y que le había dicho que no se mandan flores a una chica sin antes saber si a ella le gustará recibirlas. Y le pregunté que qué le había dicho el Vicenç y se ve que él le dijo que estaba muy enamorado y que si no le quería cerraría el bar y se metería fraile.

Y fuimos a cenar al bar del Vicenç. La Rita llevaba un vestido azul cielo con lunares blancos bordados, y se pasó todo el rato enfurruñada y sin probar ni un plato. Decía que no tenía hambre. Y el Vicenç por fin, a los postres, cuando el camarero ya no iba y venía llevando y trayendo platos, dijo como si se lo dijese a sí mismo, hay personas que sirven para enamorar a una chica y yo no sirvo.

Y con esas palabras se la ganó. Y empezó el noviazgo. Un noviazgo como una guerra. De repente la Rita decía que se había acabado el noviazgo y que no se quería casar ni con Vicenç ni con nadie. Se encerraba en su habitación. Salía de ella para ir a clase y en cuanto había cogido el autobús, que tenía la parada casi enfrente del bar, venía el Vicenç.

—A veces creo que me quiere y al cabo de unos días creo que no. Le regalo una flor y se pone contenta y al cabo de unos días le regalo otra flor y no la quiere.

El Antoni entraba en el comedor, se sentaba y cogía su pellizquito de musgo. Consolaba al Vicenç diciéndole que la Rita era muy joven, una cría, y el Vicenç le decía que ya se hacía cargo y que por eso tenía tanta paciencia pero que se consumía, porque con la Rita nunca se sabía lo que iba a ocurrir. A la hora en que la Rita estaba a punto de volver, el Vicenç salía disparado. A veces se unía a la tertulia el Toni, y cuando veía que el Vicenç sufría de verdad, se ponía triste. Poco a poco se fue inclinando a favor del Vicenç y empezó a pelearse con la Rita para defender al Vicenç. Y cuando hayas corrido mundo, ¿qué?, le decía.

Cuando el Antoni y el chico hablaban de la tienda y de lo que tenían que comprar y del modo en que habían de llevar el negocio, a veces les dejaba solos o entraba y salía del comedor, arreglando las cosas, sin escucharles. Pero una noche oí la palabra soldado y me quedé parada junto a la cocina como si me hubiesen clavado en el suelo. Y el Antoni le decía que seguramente podría hacer el servicio en Barcelona, pero no sé qué dijo de que tendría que hacer un año de más y el chico le dijo que prefería hacer un año de más y poder estar en Barcelona que no hacer un año de menos e ir a parar a Dios sabe dónde. Y dijo al Antoni que no le extrañase, que, cuando era pequeño, durante la guerra, como no teníamos qué comer, había tenido que pasar una temporada fuera de casa y que le había quedado como una especie de delirio de estar en casa, de estar siempre en casa como una carcoma dentro de una madera; y que ese delirio no se le había pasado ni se le pasaría nunca. Y el Antoni dijo, de acuerdo. Y entró en el comedor; y el Antoni, en cuanto me vio, me dijo que pronto veríamos al chico de uniforme.

XLVII

La Rita fijó el día de la boda delante de todos y dijo que
decía que sí por no volver a ver al Vicenç con cara de alma
en pena y ganándose a todo el barrio haciendo creer que
era una víctima. Y haciéndola pasar a ella, sólo con aquella
cara y sin decir ni una palabra, por una mala mujer. Y que con
la fama que le ponía, si no se casaba con él tendría que
quedarse para vestir santos, y que eso tampoco le gustaba,
porque ella quería, ya que no podía hacer lo que se había
propuesto de servir en un avión, poder entrar en un cine
o en un teatro con un hombre de buen ver a su lado y, el
Vicenç, eso lo reconocía, era de buen ver. Lo único que la
molestaba, lo que la molestaba más de todo, era que Vicenç
fuera del barrio y que tuviese el establecimiento tan cerca
de casa. Le preguntamos por qué le molestaba eso y dijo que
no lo sabía explicar muy bien, pero que le daba una especie de angustia, que casarse con uno que vivía tan cerca de
casa era como casarse con alguien de la familia y que eso le
quitaba mucha ilusión. Y del noviazgo para acostumbrarse
el uno al otro, que fue un noviazgo muy largo, pasaron al
noviazgo de preparación de la boda. Hicimos venir a una

modista dos veces por semana, y convertimos en taller la sala del sofá con funda. Mientras la modista y la Rita cosían, venía el Vicenç; la Rita, en cuanto le veía, se ponía nerviosa y decía que si no fuese del barrio no podría venir a husmear. Sabrá cómo es todo antes de tiempo... El Vicenç se daba cuenta de lo que le ocurría a la Rita pero no se sabía privar de venir y entraba en la sala como si fuese a hacer un pecado, se estaba un rato quieto sin moverse y, cuando veía que todas trabajábamos, se marchaba, y al final fui yo la que se fue y dejé que hiciesen el ajuar la Rita y la modista porque a la Rita le parecía que yo no cosía lo bastante fino. Y hacia el parque, que también me cansaba ya. Empezaban a cansarme tantas señoras conocidas esperándome con cara de pena porque había tenido palomas. Y aquella comezón que yo tenía antes, de hablar de las palomas y de la torre, se me había ido pasando con los años.

Si alguna vez quería pensar en las palomas, prefería pensarlo sola. Y pensarlo como quisiera; porque a veces pensar en ello me ponía triste y otras veces no. Y según qué días, me daban unas ganas de reír pequeñitas porque me veía años atrás matando pichones dentro del huevo. Y si salía de casa con paraguas porque estaba nublado, si veía en el parque una pluma de pájaro, la pinchaba con la punta del paraguas y la enterraba muy hondo en el suelo. Y si me encontraba con alguna señora de las que me conocían y me decía, ¿no viene a sentarse?, le decía, no, no sé lo que me pasa pero si me siento, toda la humedad de las hojas se me mete en la espalda y por la noche me da tos... Y las dejaba plantadas y me distraía mirando los árboles que vivían patas arriba, con todas las hojas que eran los pies. Los árboles que vivían con la cabeza metida en el suelo comiendo tierra con la boca y con los dientes que eran las raíces. Y la sangre les corría de modo distinto a como les corre por dentro a las personas: derecha de la cabeza a los pies por el tronco arriba. Y el viento y la lluvia y los pájaros hacían cosquillas en los pies de los árboles, tan verdes cuando nacían. Tan amarillos para morir.

Y volvía a casa un poco mareada como siempre, y en cuanto entraba en la sala ya encontraba las luces encendidas y la Rita refunfuñando y la modista con la cara mustia y el Vicenç de pie o sentado o que ya no estaba. Y el Antoni siempre me preguntaba si había paseado mucho y a veces el Toni también miraba cómo cosían la Rita y la modista o bien lo encontraba chillando con la Rita porque tenía hambre cuando llegaba del cuartel y la Rita no le quería preparar de merendar porque decía que si perdía tiempo no tendría la ropa hecha a la hora de casarse y que quería tenerlo todo listo y no tener que dar ni una puntada nunca más y desde el momento en que se casase empezar a vivir sólo para divertirse. A veces les encontraba a todos merendando y discutiendo ni ellos sabían de qué. Y cuando llegaba iba a descalzarme enseguida y me sentaba en el sofá y, mientras charlaban, aún veía las hojas, las vivas y las muertas, las que salían de la rama como un gemido y las que se caían sin decir nada y bajaban dando vueltas como una pluma fina de paloma si cae de muy alto.

XLVIII

Y llegó la boda. Toda la noche había llovido y a la hora de ir a la iglesia caía el agua a cántaros. La Rita se vistió de blanco porque yo quise que se vistiera de blanco, porque una buena boda es una boda con la novia vestida de blanco. Hicimos la boda y al mismo tiempo celebramos el aniversario de mi boda con el Antoni. La señora Enriqueta, que se estaba haciendo vieja muy deprisa, le regaló el cuadro de las langostas a la Rita, porque siempre lo mirabas cuando eras pequeña... El Antoni le dio mucho dinero para que no fuese una novia sin dote. El Vicenç dijo que tanto le daba aunque lo agradecía, porque él se casaba con la Rita con dote o sin dote, y la Rita dijo que la dote le serviría para cuando se separase del Vicenç. La Rita, cuando se casó, tenía de todo. Hicimos la comida en el bar del Vicenç, en la sala de fiestas, que ya estaba ampliada porque ya tenía la tienda del jabonero hacía tiempo, y por las paredes había guirnaldas de esparraguera con rosas blancas de papel porque las de verdad se habían acabado. Y ataron cintas en las luces, cada cinta terminada por una rosa y además había farolillos rojos que encendieron de día. Los camareros no se podían revolver de lo almidonada que llevaban la camisa. Los padres del Vicenç bajaron de Cadaqués, vestidos de negro y con los zapatos muy lustrados, y mis hijos y el Vicenç y el Antoni, todos, se empeñaron en que yo me hiciese un vestido de seda de color de champán. Y que me pusiese un collar largo de perlas de cultivo. El Vicenç, muy pálido, porque ya había llegado aquel día después de tanto decir que no llegaría nunca, parecía como si le hubiesen matado y después le hubiesen hecho revivir a la fuerza. La Rita, de mal humor, porque cuando salían de la iglesia se le mojaron la cola y el velo. El Toni no pudo ir a la iglesia y fue a la comida vestido de soldado y bailó vestido de soldado. Y tuvimos que enchufar los ventiladores, y las rosas de papel temblaban con el viento artificial. Y la Rita bailó con el Antoni y el Antoni estaba blando como un melocotón podrido. Y los padres del Vicenç, que no me conocían, dijeron que estaban encantados de haberme conocido y yo les dije que también estaba encantada de haberles conocido a ellos y dijeron que el Vicenç, por carta, siempre les hablaba de la Rita y de la señora Natalia. Después de tres bailes la Rita se quitó el velo porque le estorbaba para bailar y bailó con todo el mundo y se reía cuando bailaba y echaba la cabeza atrás y se sujetaba la falda y los ojos le brillaban y tenía perlitas de sudor entre la nariz y el labio de arriba. Y cuando la Rita bailó con el Antoni, la señora Enriqueta, que llevaba unos pendientes con piedras de color lila, se me acercó y me dijo, si el Quimet la pudiese ver... Y venían a saludarme personas que apenas conocía y me decían, cómo está, señora Natalia... Y cuando bailé con el soldado, que era mi hijo, con la palma de la mano, con todo el trozo de piel rayada que va de la muñeca a los dedos, contra la palma de la mano de mi hijo, sentí como si se rompiese la columnita de la cama hecha de bolas unas encima de otras y le dejé la mano y le puse la mía en el cuello y apreté y él dijo, ¿qué haces?, y yo le dije, te ahogo. Y cuando acabé el baile con mi hijo, el collar de perlas se enganchó en un botón de su guerrera de soldado y todas las perlas rodaron, y todos a recogerlas, y los que las recogían me las iban dando, tenga, tenga, tenga, señora Natalia, y yo las metía en el portamonedas, tenga, tenga... El vals lo bailé con el Antoni y todos hicieron corro para vernos bailar porque el Antoni, antes de comenzar las vueltas, hizo que el Vicenç anunciase que celebrábamos el aniversario de nuestra boda. Y la Rita vino a darme un beso. Me dijo bajito, mientras el Vicenç anunciaba el vals, que desde el primer día se había enamorado como una loca del Vicenç pero que no se lo quería demostrar y que el Vicenç no sabría nunca que ella estaba enamorada de él. Y diciéndomelo, me hacía cosquillas con los labios y tuve un rato en la mejilla su aliento calentito. La fiesta se iba mustiando y llegó la hora de separarnos. El Toni nos dejó, los novios se marcharon y, antes de irse, la Rita regaló flores. Con el calor que hacía allá dentro y afuera la tarde era fresca y de rosa y con un no sé qué de final de temporada. No llovía nada, pero toda la calle olía a lluvia. Volví a casa con el Antoni y entramos por la puertecita del patio. Me quité el vestido detrás del biombo y el Antoni dijo que tendría que hacerme pasar el collar con un hilo que no se rompiese y él también se cambió de ropa y se fue hacia la tienda a trajinar. Me senté en el sofá con funda, enfrente de la consola. En el espejo de la consola veía el final de mi cabeza, sólo unos cuantos pelos, y a los dos lados dormían, dentro de las campanas de cristal, aquellas florecitas Dios sabía desde cuántos años. El caracol estaba en el centro de la consola y era

como si le oyese con aquel quejido del mar dentro..., buuum...,
buuum..., y pensé que a lo mejor cuando nadie lo escuchaba,
adentro no había ruido y que aquello era una cosa que no se
podría saber nunca: si dentro del caracol de mar había olas
cuando a la entrada del agujero no había ninguna oreja. Saqué
las perlas del portamonedas y las metí en una cajita y me quedé con una y después la eché dentro del caracol para que le
hiciese compañía al mar. Fui a preguntarle al Antoni si querría cenar y dijo que sólo café con leche y gracias. Y para decirlo, como se lo había preguntado desde el pasillo, entró en el
comedor y cuando lo dijo se volvió para la tienda por entre
los canutillos y yo volví al sofá con funda hasta que oscure-
ció y a oscuras me quedé, hasta que encendieron el farol de la
calle y entró un poco de claridad mortecina y manchó las baldosas rojas como un fantasma de claridad. Cogí el caracol y lo
moví con mucho cuidado hacia un lado y hacia otro para
poder oír correr la perla por dentro. Era rosa, con manchas
blancas, con pinchitos, con la punta del final alisada, de nácar
por dentro. Lo volví a poner donde había estado siempre y
pensé que el caracol era una iglesia y que la perla de dentro
era mosén Joan y el buuum..., buuum..., un canto de ángeles
que sólo sabían cantar aquella canción. Y volví al sofá y estuve sentada hasta que vino el Antoni y me preguntó que qué
hacía a oscuras y yo le dije que no hacía nada. Y me preguntó si pensaba en la Rita y le dije que sí pero yo no pensaba en
la Rita. Y se me sentó al lado y dijo que nos iríamos a dormir enseguida porque tenía el cuerpo molido porque no estaba acostumbrado a llevar chaleco y yo le dije que también estaba cansada y nos levantamos y fui a preparar el café con leche
y dijo, sólo media taza...

XLIX

Me despertó el Toni cuando volvió, y eso que cuando volvía por las noches siempre cruzaba el patio andando de puntillas. Empecé a pasar un dedo por una flor de ganchillo y de vez en cuando tiraba de una hoja. Un mueble crujió, a lo mejor la consola, a lo mejor el sofá, a lo mejor la cómoda... A oscuras volví a ver cómo giraba el bajo de la falda blanca de Rita sobre sus pies con zapatos de satén y hebillita de brillantes. Y así iba pasando la noche. Las rosas de la colcha tenían corazón en el medio y, una vez, uno de los corazones se gastó y de dentro saltó un botoncito muy pequeño de media bola..., señora Natalia. Me levanté. El Toni había dejado el balcón entornado para no despertarnos... Iba a cerrar el balcón. Y cuando ya estaba junto a él me volví para el dormitorio y me metí detrás del biombo y me vestí a tientas. Y sólo era la madrugada. A tientas fui a la cocina, como siempre, tocando las paredes, descalza. Me paré delante de la puerta de la habitación del chico y le oí respirar hondo y tranquilo. Y entré en la cocina a beber agua, por beberla. Abrí el cajón de la mesita de madera blanca con hule de cuadritos encima y saqué el cuchillo de pelar patatas que tenía la punta fina. El corte del cuchillo tenía dientes como una sierra..., señora Natalia. El que había inventado el cuchillo lo había hecho muy bien, debía de haber pensado mucho debajo de una lámpara, sobre una mesa después de comer porque antes los cuchillos eran diferentes y tenía que venir el afilador y a lo mejor los afiladores por culpa del que había inventado el cuchillo sierra quemándose las cejas habían tenido que cambiar de oficio. A lo mejor ahora hacían otra cosa los pobres afiladores y a lo mejor habían salido ganando y tenían moto e iban por las carreteras como un rayo con su mujer asustada detrás. Arriba y abajo por las carreteras. Porque todo era así: carreteras y calles y pasillos y casas para meterse dentro como una carcoma dentro de la madera. Paredes y paredes. Una vez me dijo el Quimet que la carcoma era una desgracia y yo le dije que no comprendía cómo se las arreglaban para respirar, siempre agujereando, agujereando y que cuanto más agujereaban menos debían de poder respirar y él me dijo que ya estaban acostumbradas a vivir de ese modo, siempre de narices en la madera y buenas trabajadoras por gusto. Y pensé que los afiladores a lo mejor todavía podían vivir del oficio porque no todos los cuchillos eran cuchillos de cocina y de colonias y de hospicios, que la administración sólo piensa en economizar, sino que todavía quedaban cuchillos con hojas buenas para pasarlas por la piedra. Y mientras pensaba eso nacieron los olores y los hedores. Todos. Persiguiéndose, haciéndose sitio y escapándose y volviendo: olor de azotea con palomas y el olor de azotea sin palomas y el hedor a lejía que cuando estuve casada supe qué clase de olor era. Y el olor de sangre que ya era como un anuncio de olor de muerte. Y el olor de azufre de los cohetes y de los

insecto coleóptero que
roe la madera —

buscapiés aquella noche en la plaza del Diamante y el olor
de papel de las flores de papel y el olor de seco de la esparraguera que se desmigaba y hacía en el suelo un cuerpo
de cositas pequeñas que eran el verde que se había escapado de la rama. Y el olor muy fuerte del mar. Y me pasé la
mano por los ojos. Y me preguntaba por qué a los hedores
les llamaban hedores y a los olores, olores y por qué no podían llamar hedores a los olores y olores a los hedores y llegó el olor que tenía el Antoni cuando estaba despierto y el
olor que tenía el Antoni cuando estaba dormido. Y le dije al
Quimet que a lo mejor las carcomas, en vez de trabajar de
fuera a dentro, trabajan de dentro a fuera y sacaban la cabeza por el agujerito redondo y pensaban en las diabluras que
estaban haciendo. Y el olor de los niños cuando eran pequeños, de leche y de saliva, de leche todavía buena y de leche
que se había agriado. Y la señora Enriqueta me había dicho
que teníamos muchas vidas, entrelazadas unas con otras, pero
que una muerte o una boda, a veces, no siempre, las sepa-
raba, y la vida de verdad, libre de todos los lazos de vida
pequeña que la habían atado, podía vivir como habría tenido que vivir siempre si las vidas pequeñas y malas la hubieran dejado sola. Y decía, las vidas entrelazadas se pelean y nos
martirizan y nosotros no sabemos nada como no sabemos
del trabajo del corazón ni del desasosiego de los intestinos...
Y el olor de las sábanas llenas de mi cuerpo y del cuerpo del
Antoni, aquel olor a sábana cansada que va chupando el olor
de la persona, olor del pelo en la almohada, olor de todas las
brocitas que hacen los pies en la punta de la cama, el olor de
la ropa usada que se deja por las noches encima de una silla...
Y el olor del grano, y el de las patatas y el de la bombona de

249

agua fuerte... El cuchillo tenía el mango de madera atravesado por tres clavitos con la cabeza aplastada para que nunca se pudiera separar de la hoja. Llevaba los zapatos en la mano y cuando hube salido al patio ajusté el balcón movida por una fuerza que me arrastraba, que no me venía ni de dentro ni de fuera, y apoyada en una columna para no caerme me puse los zapatos. Me pareció que oía el primer carro, lejos, todavía medio perdido no sé dónde, en medio de la noche que se acababa... Al albaricoquero se le movieron unas cuantas hojas llenas de luz de farol y unas alas de pájaro escaparon. Una ramita tembló. El cielo era azul oscuro, y sobre ese cielo, azul de tan alto, se recortaban los tejados de las dos casas de pisos del otro lado de la calle con las galerías encaradas. Me parecía que todo lo que hacía ya lo había hecho, sin que pudiese saber dónde ni cuándo, como si todo estuviese plantado y arraigado en un tiempo sin memoria...Y me toqué la cara y era mi cara con mi piel y con mi nariz y con la forma de mi mejilla, pero aunque era yo veía las cosas nubladas, pero no muertas: como si les hubiesen caído encima nubes y nubes de polvo...Volví hacia la izquierda, hacia la calle Mayor, antes de llegar al mercado y más abajo de la casa de las muñecas.Y cuando llegué a la calle Mayor anduve por la acera de baldosa en baldosa, hasta llegar a la piedra larga del bordillo, y allí me quedé tiesa como un palo por fuera, con todo un chorro de cosas que me subían del corazón a la cabeza. Pasó un tranvía, debía de ser el primero que había salido de las cocheras, un tranvía como siempre, como todos, descolorido y viejo... y aquel tranvía a lo mejor me había visto correr con el Quimet detrás, cuando salimos como ratas locas viniendo de la plaza del Diamante. Y se me puso un nudo en la garganta, como un garbanzo clavado en la campanilla. Me vino el mareo y cerré los ojos y el viento que hizo el tranvía me ayudó a seguir adelante como si me escapase de la vida. Y al primer paso que di todavía vi el tranvía dejándose ir y levantando chispas rojas y amarillas entre las ruedas y los raíles. Era como si fuese por encima del vacío, con los ojos sin ver, pensando a cada momento que me hundiría, y crucé la calle agarrando fuerte el cuchillo y sin ver las luces azules. Y al otro lado me volví y miré con los ojos y con el alma y me parecía que aquello no podía ser verdad. Había cruzado. Y me puse a andar por mi vida antigua hasta que llegué frente a la pared de casa, debajo del mirador... La puerta estaba cerrada. Miré hacia arriba y vi al Quimet que, en medio de un campo, cerca del mar, cuando yo estaba embarazada del Antoni, me daba una florecita azul y después se reía de mí. Quería subir arriba, hasta mi piso, hasta mi azotea, hasta las balanzas y tocarlas al pasar... Había entrado hacía muchos años por aquella puerta casada con el Quimet y había salido por ella para casarme con el Antoni y con los niños detrás. La calle era fea y la casa era fea y el empedrado sólo era bueno para los carros y los caballos. El farol estaba lejos y la puerta estaba oscura. Busqué el agujero que el Quimet había hecho en la puerta, encima de la cerradura, y lo encontré enseguida: tapado con corcho justo encima de la cerradura. Y empecé a sacar migas de corcho con la punta del cuchillo. Y el corcho saltaba desmigado. Y saqué todo el corcho y entonces me di cuenta de que no podría entrar. Con los dedos no podía coger la cuerda y sacarla afuera y tirar y abrir la puerta. Tendría que haber llevado un alambre para hacer de gan-

cho. Y cuando iba a dar dos puñetazos en la puerta pensé que
haría demasiado ruido y golpeé la pared y me hice mucho
daño. Y me volví de espaldas a la puerta y descansé y tenía
mucha madrugada dentro. Y me volví a girar de cara a la
puerta y con la punta del cuchillo y con letras de periódico escribí Colometa, bien hondo y, como sin saber lo que
hacía me puse a andar y eran las paredes quienes me llevaban y no mis pasos, y me metí en la plaza del Diamante: una
caja vacía hecha de casas viejas y el cielo por tapadera. Y en
medio de aquella tapadera vi volar unas sombras pequeñas y
todas las casas empezaron a columpiarse como si todo lo
hubieran metido dentro de agua y alguien hiciese mover el
agua despacito y las paredes de las casas se estiraron hacia
arriba y se empezaron a echar las unas contra las otras y el
agujero de la tapadera se iba estrechando y empezaba a for-
mar un embudo. Y sentí una compañía en la mano y era la
mano del Mateu y se le posó en el hombro una paloma corbata de satén y yo no había visto nunca ninguna, pero tenía
plumas de tornasol y sentí un viento de tormenta que se
arremolinaba dentro del embudo que ya estaba casi cerrado y con los brazos delante de la cara para salvarme de no
sabía qué, di un grito de infierno. Un grito que debía de
hacer muchos años que llevaba dentro y con aquel grito, tan
ancho que le costó mucho pasar por la garganta, me salió de
la boca una pizca de cosa de nada, como un escarabajo de
saliva... y aquella pizca de cosa de nada que había vivido tanto tiempo encerrada dentro, era mi juventud que se escapaba con un grito que no sabía bien lo que era..., ¿abando-
no? Me tocaron en el brazo y me volví sin asustarme y un
anciano me preguntaba si estaba enferma y oí que abrían un

balcón. ¿No se encuentra bien? Y se acercaba una vieja y el viejo y la vieja se quedaron plantados delante de mí y en el balcón había una sombra blanca. Ya se me ha pasado, dije. Y venía más gente: venían poco a poco, como la luz del día, y dije que ya estaba bien, que todo había terminado, que eran los nervios, nada, nada peligroso... Y empecé a andar otra vez, a deshacer el camino. El viejo y la vieja, me volví a mirarles, se habían quedado plantados y me seguían con los ojos y con el poco de luz que había nacido parecían de mentira... Gracias. Gracias. Gracias. El Antoni se había pasado años diciendo gracias y yo nunca le había dado las gracias por nada. Gracias... Sobre la piedra del bordillo de la acera de la calle Mayor, miré arriba y abajo a ver si venían tranvías y crucé corriendo y cuando llegué al lado bueno todavía me volví otra vez para ver si me seguía aquella pizca de cosa de nada que me había hecho volverme tan loca. Y andaba sola. Las casas y las cosas ya tenían los colores puestos. Por las calles que iban a la plaza del mercado bajaban y subían carros y camiones, y los hombres del matadero, con la bata manchada de sangre y media ternera a la espalda, entraban en el mercado. Las floristas ponían ramos en los cucuruchos de hierro llenos de agua que hacían los ramos de flores. Los crisantemos despedían un hedor amargo. La colmena vivía. Y entré en mi calle, la del carro de la madrugada. Y al pasar miraba las entradas anchas donde un vendedor vendía los melocotones y las peras y las ciruelas hacía años, con balanzas antiguas, con pesas doradas y con pesas de hierro. Con balanzas que el vendedor sostenía pasando un dedo por el gancho de arriba. Y en el suelo había paja y copos de viruta y papeles finos estrujados y sucios. No, gracias. Y los chillidos de los últimos pájaros arriba en el cielo; de los que huyen temblando en el azul que tiembla. Me paré junto a la verja, las galerías estaban allí arriba, unas junto a otras, como los nichos de un cementerio extraño, con persianas que se estiraban con cuerda, todas verdes, con persianas enroscadas arriba o desenroscadas abajo. Había ropa tendida en los alambres y, de vez en cuando, una mancha de color que era una flor de geranio en un tiesto. Entré en el patio cuando un hilo de sol miserable de tan enclenque manchaba las hojitas del albaricoquero. Y con la nariz pegada a los cristales del balcón estaba el Antoni, que me esperaba. Y yo, expresamente, andaba muy poco a poco, ahora un pie, ahora el otro, iba entrando..., los pies me llevaban y eran pies que habían andado mucho y que cuando estuviese muerta a lo mejor la Rita me los enganchaba con un imperdible para que estuvieran bien juntos. Y el Antoni abrió el balcón y con una voz que le temblaba preguntó, ¿qué te pasa?, y dijo que ya hacía mucho rato que estaba angustiado porque se había despertado de repente como si le hubiesen avisado de una desgracia y no me había encontrado ni a su lado ni en ninguna parte. Y le dije, se te enfriarán los pies..., y que me había despertado cuando todavía era de noche y que no me había podido volver a dormir y que había necesitado respirar aire porque tenía no sé qué que me ahogaba... Sin decir nada se volvió a meter en la cama. Todavía podemos dormir, le dije, y le veía de espaldas con el pelo del cogote un poco demasiado largo, con las orejas tristes y blancas, que siempre las tenía blancas si hacía frío... Dejé el cuchillo encima de la consola y empecé a desnudarme. Antes cerré los postigos y por la rendijita entraba la claridad del sol y fui hasta la cama y me senté y me descalcé. El somier crujió un poco, porque era viejo y ya hacía tiempo que teníamos que cambiarle los muelles. Tiré de las medias como si tirase de una piel muy larga, me puse los escarpines y entonces me di cuenta de que estaba helada. Me puse el camisón descolorido de tanto lavarlo. De uno en uno me abroché los botones hasta el cuello, y también me abroché los botoncitos de las mangas. Haciendo que el camisón me llegase hasta los pies, me metí en la cama y me arrebujé. Y dije, hace buen día. La cama estaba caliente como la panza de un gorrión, pero el Antoni temblaba. Le sentía castañetear los dientes, los de arriba contra los de abajo o al revés. Estaba vuelto de espaldas y le pasé un brazo por debajo de su brazo y le abracé por el pecho. Todavía tenía frío. Enrosqué las piernas con sus piernas y los pies con sus pies y bajé la mano y le desaté la atadura de la cintura para que pudiese respirar bien. Le pegué la cara a la espalda y era como si sintiese vivir todo lo que tenía dentro, que también era él: el corazón lo primero de todo y los pulmones y el hígado, todo bañado con jugo y sangre. Y le empecé a pasar la mano poco a poco por el vientre porque era mi pobrecito inválido y con la cara contra su espalda pensé que no quería que se me muriera nunca y le quería decir lo que pensaba, que pensaba más de lo que digo, y cosas que no se pueden decir y no dije nada y los pies se me iban calentando y nos dormimos así y antes de dormirme, mientras le pasaba la mano por el vientre, me encontré con el ombligo y le metí el dedo dentro para taparlo, para que no se me vaciase todo él por allí... Todos, cuando nacemos, somos como peras..., para que no se escurriese todo él como una media. Para que ninguna bruja mala me lo sorbiese por el ombligo y me dejase sin el Antoni...

Y nos dormimos así, poco a poco, como dos ángeles de Dios, él hasta las ocho y yo hasta las doce bien dadas... Y cuando me desperté de un sueño de tronco, con la boca seca y amarga, toda yo salida de la noche de cada noche, que aquella mañana era un mediodía, me levanté y empecé a vestirme como siempre un poco sin darme cuenta, con el alma guardada todavía dentro de la cáscara del sueño. Y cuando me puse de pie me sujeté las sienes con las manos y sabía que había hecho algo diferente pero me costaba pensar en lo que había hecho y si lo que había hecho, que no sabía si lo había hecho, lo había hecho algo despierta o muy dormida, hasta que me lavé la cara y el agua me despabiló... y me puso color en las mejillas y luz en los ojos... No hacía falta almorzar porque era muy tarde. Sólo beber un poco de agua para quitarme el fuego de la boca... El agua estaba fría y eso me hizo recordar que el día antes, por la mañana, a la hora de la boda, había llovido mucho y pensé que por la tarde, cuando fuese al parque como siempre, a lo mejor todavía encontraba charcos de agua en los senderitos... y dentro de cada charco, por pequeño que fuese, estaría el cielo..., el cielo que a veces rompía un pájaro..., un pájaro que tenía sed y rompía sin saberlo el cielo del agua con el pico... o unos cuantos pájaros chillones que bajaban de las hojas como relámpagos, se metían en el charco, se bañaban en él con las plumas erizadas y mezclaban el cielo con fango y con picos y con alas. Contentos...

Ginebra, febrero-septiembre de 1960.